الفيلق السابع

أحمد علي صومع

This is a work of fiction. Similarities to real people, places, or events are entirely coincidental.

الفيلق السابع

First edition. 2024.

Written by أحمد علي صومع.

الفيلق السابع

عزيزي القارئ، تحية طيبة وبعد :

أهديك أول أعمالي ؛لأنك أول من شاركني النجاح، لذلك أنت أحق شخص بهذا الإهداء .

لكل شخص حاول ثم حاول ثم حاول ثم كلت يداه من المحاولة حتى ينجح ولم يكتب له ذلك بعد .

أبشر أخي فقد وفقنا الله معًا وأصبحنا كتفًا في كتف حتى نجحنا معًا ، والله يعلم أننا قد مررنا بأوقات وأيام عصيبة ولكننا صبرنا لوعد الله الحق في قوله تعالى:

$$\{ إِنَّمَا يُوَفَّى الصَّابِرُونَ أَجْرَهُم بِغَيْرِ حِسَابٍ \}$$

صدق الله العظيم .

إلى أسماء تلك الفتاة البريئة التي وهبتني بضع لحظات في حياتي من أجمل ما مررت به يومًا لذلك من عمق التمني حقق الله ما قلبك .

إلى أمي ملجئي الآمن وملاذي من كل الأعداء ومن كل شر أواجهه في دنياي ،أدامك الله في حياتي وأطال عمرك .

إلى أبي هذا الدرع الحصين الذي يحميني وينصرني في شتى معاركي التي أخوضها يوميًا في معركة الحياة الدائمة ،أدامك الله في حياتي وأطال عمرك ورزقك الصحة والعافية .

إلى أخوتي نور عيني وروحي وأغلى ما بحياتي ..

أدامكم الله في حياتي وأدامني الله لكم العوض والسند عن كل ما سلبته منكم الأيام .

إهداء إلى صديقي ورفيق دربي وعمي /محمود جمعة

إهداء إلى أصدقائي /محمد عبد الحميد ماضي ، مرقص أنور ، عماد رمضان ، إلى كل من عرفتهم ويعرفونني أو لا يعرفوني .

إهداء خاص للفنان المبدع والقدوة الحسنة والأب الروحاني ؛ الفنان / أحمد مكي .

إهداء خاص للفنان المبدع ذي الأخلاق الحسنة الذي ضحى بمستقبله المهني من أجل نصرة إخواننا بفلسطين ، الفنان القدير /محمد سلام .

إهداء خاص إلى إخواننا بفلسطين المجاهدين المناضلين المحافظين على ثباتهم ضد العدوان الإسرائيلي الطاغي ، وفقكم الله ونصركم على عدوكم وجعل ضربتكم صائبة وضربتهم خائبة بإذنه إن شاء الله .

شكراً

الكاتب /أحمد علي صومع

الحمد لله على نعمتِه أن وهبني هذه الموهبة التي سعيت جاهدًا في إتقان كل جوانبها ؛إلا أنني لن أكون ملما بكل ما يخص فن الرواية فهذا الفن بحرٌ حقًا ، وأنا لم ولن أتقن فن السباحة .

إنك قادر على فعل كل شيء ما دمت على قيد الحياة ، وحدك من تقرر إما النجاح واعتلاء قمة المجد أو انتظارك بالأسفل واكتفائك بالنظر والتصفيق لكل من سعى وأجتهد وحقق النجاح وإن لم يعترف به العالم يكفيه نجاحه أمام نفسه في حين تشبث آخرون بأن العالم لم يعد يصلح للعيش وعلق كل منهم فشله على شماعة الآخر و لم يحاول حتى النجاح وأصبح مضرب مثل في عدم المحاولة للخروج من ظلمة الفشل إلى نور النجاح .

أنتقِ خليلك بعناية حتى لا يجعلك تلعن اليوم الذي ظننت فيه أنه سيكون درع الأمان لك .

مقدمة

" لم أعتاد قراءة مقدمات الروايات ، لذلك لن أكتب لك مقدمة "

الساعة الآن ١٢:٣٠ دقيقة بعد الظهر في اجتماع لمجموعة من العلماء في المقر الخاص بِهم والذي يطلق عليهم اسم :(علماء السبع قارات).

وهم عبارة عن مجموعة من العلماء المجتهدين في عملهم. المتعطشين للإختراعات التكنولوجية ولا أعرف لماذا أنا بشكل خاص تمت دعوتي لحضور هذا الإجتماع

ثم قال لي أحد العلماء :لقد قررنا أن نبني بوابة للسفر عبر الزمن فما رأيك؟

نظرت لهم جميعًا متعجبًا

ثم قلت لهم: أنه شيء عجيب ولكن ما دخلي أنا ؟هل تظنون أني صاحب محجر مثلًا؟ أم ماذا؟

فرد أحدهم قائلًا: لا شك أننا نعرف من تكون حقًا يا ابن زيوس .

فنظرت له بتعجب ،ثم قلت له :ومن أين لك أن تعرف من أكون ؟

قال: ليس هذا ما جئت من أجله ،وإنما يوجد شيء أهم بكثير من هذه الأسئلة التي ستستنفذ وقتنا وجهدنا، فيما بعد سيكون لدينا متسع من الوقت لنتعرف على بعضنا البعض .

نحن نعلم من أنت جيدًا ،وها قد عرفت من نحن وقد علمت مبتغانا ، نريد أن نبني بوابة للسفر عبر الزمن وأعرف أنه شيء نراه في الأفلام فقط ولكن لماذا لا نجعله حقيقة؟ ألم تعرف أن كل ما توصلنا إليه كان في البداية مجرد فكرة أو مجرد حلم ليس إلا!

فكر فيما نستطيع أن نفعله لننجح في إنشاء هذه البوابة .

قال آخر :إن حقًا نجحنا فإننا نستطيع أن نغير أشياء كثيرة مثل: وقف الحروب والصراعات والمجاعات ....إلخ.

فقاطعته قائلاً :

- إنه حقًا لشيء عظيم ولكن كيف أن لكم أن تفعلوا مثل هذا الأمر؟ أنه شيء معقد يصعب علينا فهم وتحليل فزياء الكم والأيونات والإلكترونات والطاقة اللازمة والترتيبات

التي سَتُعَدْ مسبقاً لإحداث فجوة في الزمن ،كل ذلك سيكون مرهقًا جدًا ومكلفًا وهناك احتمال كبير في عدم إتمام هذا الأمر ؛كل ما توصلنا إليه من تقدم ما هو إلا نقطة في بحر من هذا الكون وإذا حدث ونجحتم في إتمام هذا الإنجاز العظيم يبقى سؤال؟!

قال أحدهم اسأل ما شئت ؟.

فقلت لهم : نحن لا نعلم ما سيحدث قد يكون هناك خطر كبير عليكم ، أنتم لا تعلمون ما ينتظركم هناك.

قاطعني آخر قائلًا : وهذا ..

قاطعته قائلًا: أعرف أن هذا ما قد دعوتني من أجله ، لأنكم تعرفون من أنا ومن أكون وما أنا عليه من خبرة في الحروب ولدي مجموعة من أصدقائي المدربين جيدًا والمتعطشين دائمًا للقتال ومستعدين دائمًا لخوض التجارب والمغامرات...وإلخ

كل هذا جميل ويؤخذ على محمل الجد ويوضع بعين الإعتبار ولكن هذه المرة تختلف تمامًا عما كنا نفعله

أنا لا أعرف ماذا سيحدث أو ما الذي سأجده هناك أو من أي شيء أحميكم وهل ما لدي من أسلحة وذخيرة ستكون قادرة على نجاتنا ؟أو ستكون كافية حقًا لتخرجنا من المكان الذي سنكون متواجدين به ؟

قال أحدهم :نحن نعلم ذلك جيدًا ،لذلك طلبنا منك الحضور ؛فأنت وحدك قادر على إتمام هذه المهمة

ونطلب منك الآن أن تُعلم فريقك بأننا بحاجة إليكم في مهمة قد تكون شبه انتحارية ، وأننا حقًا سنبذل ما بوسعنا لتوفير كل ما تحتاجه من معدات وتقنيات مجهزة لكل ما يفترض أنه سيقابلنا في رحلتنا هذه ،فما رأيك في هذا ؟

نظرت إليه نظرة عميقه ثم قلت له :حسنًا سوف أخبركم بما اتفقنا عليه أنا وأصدقائي بعد أن أسألهم فأنا لا أستطيع أن أجيب نيابةً عنهم .

كما أنني يجب على أن أخبرهم بكل صعوبات ومخاطر هذه الرحلة .

ثم خرجت من هناك وأنا أحدث نفسي إلى أن وصلت إلى سيارتي بعد أن طلبت من شخص ما هناك أن يحضر لي كوبًا من القهوة ،ما هي إلا دقائق وأخذت القهوة ثم فتحت شنطة السيارة وجلست أتأمل . أخرجت لفُافة تبغ ثم أشعلتها ونظرت للسّماء تارة وتارة أخرى أنظر إلى اليابسة والماء ثم أتأمل سيارتي بعد أن أصبَحت مخزن للأسلحة واتعجب لما قد وصلت إليه .

وأحدث نفسي قائلاً :أحقًا ما حدث يستحق هذا الأمر؟! لماذا رميت بنفسك إلى التهلكة وأتخذت طريقًا قاسيًا؟ لماذا فعلت كل هذا ووصلت إلى ما أنت عليه الآن ؟

فقط لتسبت ذاتك لنفسك؟! أم ماذا ؟!

لم أجد إجابة على على هذه الأسئلة الكثيرة فلم أكترث لشيء كالعادة .

وبعد ما انتهيت من القهوة.

رن هاتفي..أجبت في الحال .وبعد محادثه لم تطل كثيرًا.. طلبت من ساندي أن تجمع الفرقة لأمر عاجل

أجابت هي قائله : كما تريد يا أريس .

ثم أغلقت الخط وركبت السيارة .

أشعلت لفافة تبغ أخرى وأمرت السيارة بأن تقوم بتشغيل جهاز الساوند في السيارة وانطلقت مسرعًا وبعد عدة دقائق من سماع الموسيقية .

(ذهبت بخيالي إلى زمن بعيد حيث كنت شاب في مقتبل عمري أحببت فتاة لم يخلق الله مثلها في الجمال ولا الأخلاق إلا قلة قليله وبعد فترة حب بيننا افترقنا لأسباب بسيطة لكنها تبقى العلة في الأمر ليندرج تحت مسمى النصيب ومن ثم أصبحت على ما أنا عليه) . أعرفكم بنفسي أنا كما يلقبوني باسم (ابن زيوس)(أريس)وهو اسم قد أخترته عندما كنت أكتب شعرًا في الحادي والعشرين من عمري حينها كنت قد مررت بوقت عصيب وحدثت أموراً ودَّتُّ لو لم أمَّر بها ،حيث أحببت فتاة جميلة وعلى قدر جمالها وطيبة قلبها قد خُذلت ولكني ظلّت متمسكًا بها حتى وقتنا هذا ، أما بالنسبة لها فلا أعلم عنها شيء ولكني أتَمنى لها دائمًا أن تكون بخير.

من بعدها لم أوفَّق في حياتي أبدًا ، أنتقل من فشل إلى آخر حتى تمكن اليأس مني ، فتوجهت للسفر إلى أمريكا حيث أصبح السفر أسهل مما كان عليه بفضل القطارات العابرة للقارات والتي تسير على اليابسة وفي بطن الماء .

ياخبر نسيت أخبركم أنني اليوم قد أتممت الثلاثين عامًا فقد ولدت في السادس والعشرين من فبراير سنة ألفين وثلاثين ميلاديًا ،ونحن الآن فى السادس والعشرين من فبراير سنة ألفين وستين ميلاديًا .

كل عام وأنا أرمي بنفسي داخل الموت ولا أموت ؛ فبعد أن سافرت إلى أمريكا انضممت إلى الجيش الأمريكي لغريزة ما قد ناشئة داخلي حب الأسلحة والذخيرة والقتال..

"العلم في هذه الحقبة وصل إلى أكبر مرحلة في التطور والجمال حينما كنا نشاهد الليزر ليد وهو جهاز يشبه البروجكتر قديمًا كما كانوا يلقبونه في الأفلام قديمًا ولأكنه عبارة عن جهاز بحجم الجوال حينما تكبس الزر يقوم بإخراج ضوء من الشاشة ليظهر على شكل تجسيد لما هو يعرض في شكل ثماني الأبعاد ، وصوره بألوان وكأنها حقيقية .

ف مثلًا لو كنت تشاهد شريط فديو لرجل أو شيء من هذا القبيل تعتقد لوهله أنه شخص حقيقي .

وعلى الرغم من التطور الذي توصل إليه العلماء إلا أن الحروب بقيت كما هي الكل يريد السلطة والسيطرة على أكبر مساحة ممكنه من الكوكب لا تعجب لذلك فنحن بشر.

وها نحن ذا قد وصلنا.

ترجلت من السيارة إلى داخل المنشأة خاصتي ولم يكن قد وصل أحد من الأصدقاء فجلست منتظرًا وأنا أتأمل المكان هذا وكيف لي بعد أن كنت نكرة لا يعرفني أحد إلى أنني أصبحت معروف في العالم أجمع كان هناك من يلقبوني بالغول وهناك من يقولون لي أنني الشخص الذي ترسله ليقتل الغول ومسميات أخرى كثيرة وأنا لا أبالي، ولا أحد يعلم أني أقحم نفسي يوميًا في هذا الأمر لأنني أريد الموت ولكن الله يريد غير ذلك.

لهذا الأمر فقط أنا مازلت واقفًا على قدمي.

بعد انضمامي إلى الجيش الأمريكي وخضت معهم حروب عدة وأظهرت مهارة بارعة في القتال أدت إلى الرفع من مكانتي من مجرد بيدق بسيط في الجيش إلى القائد العام لقوات العمليات الخاصة ،ثم وجدت الأمر يصبح مملًا كل يوم بعض الشيء ويزداد الأمر سوء يوميًا فلم اتحمل الإستمرار في الأمر ،فوهبت حياتي للقتال من أجل المال أو كما كان يلقبها البعض قديمًا باسم (المرتزقة).

في رحلتي الجديدة هذه تعلمت أشياء كثيرة وعلمت أكثر و اِزدادت معرفتي كثيرًا؛ خلال كل تلك المعارك التي كنت فردًا منها تعرفت على مجموعة من الأصدقاء لكل منهم حكايته الخاصة ولكل منهم حياته ، والآن بتنا أكثر من مجرد أصدقاء أو يجمعنا رابط العمل .

لقد أصبحنا حقًا عائلة ولو هناك وصف آخر يصف ما بيننا أكثر دقة من كلمة عائلة لقلته .

أخرجت لفافة تبغ أخرى ورميت ما بيدي وأشعلتها ثم خرجت أتجول حول المستعمرة التي أصبحت مركز تدريب وعمليات صعبة ومركز كامل متكامل من نظم المعلومات الدقيقة وجهاز الGBS الذي يقولون عليه عين العالم أو عين الإله ، وورشة السيارات والمدرعات التي وظيفتها فقط التعديل علي كل ما نحضره من سيارات عادية لنا أو، سيارات مصفحة أو مدرعات ودبابات .

كنا نفعل أي شيء بدقة حتى نتمكن من إتمام مهماتنا بنجاح .

بالنسبة للمستعمرة كانت في أحد الأيام قديمًا مصنع كبير جدًا للحديد والصلب في منطقه نائية عن المساكن وهذا ما جعلني اتخذتها مقرًا لنا؛لأنني أفضل العُزلة.

بعدما أجرينا عليه التعديلات والإصلاحات والتجهيزات اللازمة والتي استنزفت من وقتنا سنة كامله.

أصبح الآن كالحصن المنيع لا يقترب منه أحدًا لذلك كنا نعتبر نفسنا دولة مستقله.

رن هاتفي :التقط الهاتف وأجبت مسرعًا :

كانت ساندي تحدثني بأنها قد أحضرت الفريق وهم على وصول إلى الوقر .

ثم أنهيت المكالمة بيننا. وما هي إلا لحظات حتى وصل الجميع سلمنا على بعضنا البعض وجلسنا بعد أن أعد كلًّا منا شراب له وسألتهم كيف كانت الإجازة ؟

رد الجميع مملة كالعادة لا شيء جديد نفعله . أبتسمت إبتسامه خفيفة

ثم قلت لهم: لهذا جمعتكم

الخبر الجيد أنه قد تكون هناك مهمه أخرى ..

ثم صمت لوهله وقلت: ولكن هناك خبر سيء وهو أنه قد تكون المهمة الأخيرة ..

ثم تابعت الحديث قائلًا ..

أسمعتم عن جزيرة الفلامنغو. هي جزيرة تتوسط المحيط الأطلنطي بها مقر لأكبر مختبر في الكوكب للعلوم والتكنولوجيا، للأختراعات والأكتشافات الحديثة يديره مجموعه من العلماء يطلقون على أنفسهم اسم علماء السبع قارات غرورهم توصلهم إلى أنهم أتفقوا على بناء بوابة لسفر عبر الزمن يريدون بناء جسور بين الأزمنة لربط العالم ماضية ومستقبلة في حاضرة أنه حقًّا لشيء عجيب وخطير جدًا المطلوب منا الآن أن نخوض معهم التجربة قد تكون تجربه ممتعه لنا ولكن لا ننسى أنها خطيره ونحن مسؤولين عن حياتهم أن نرجعهم سالمين . فما رأيكم في هذه المهمة؟!

قالت ساندي .

ما رأيك أنت ..

قلت أنا :لا أبالي أن كنتم تريدون خوض هذه التجربة الجديدة والفريدة من نوعها

أما تريدون المزيد من العطلة ؟

قالت ساندي: بالنسبة لي أنا معك ...

ثم قالت سارة: وأنا أيضًا .

فأجاب بيتر مسرعًا: وأنا أيضًا معكم..

.. ثم الجميع قد وافقوا على إتمام المهمة قضينا وقت ممتعًا أحتفالًا بالعودة ..

أثناء الإحتفال كنت قد جلست بعيداً معي زجاجة نبيذ التوت البري . فتلك النكهة تنعشني حقًا .. وأخذت معي ألة لف السجائر ، وجلست في الشرفة المجاورة في ذاك الوقت كان كل ما عليك فعله فقط لتدخن سيجارة واحدة هو ضغط الزر الموجود في تلك الألة.

بعد أن كبست الزر وأخذت السيجارة وأشعلتها حينها كنت جالس على سور الشرفة .

جلست أتأمل السماء كانت صافيه ليس بها سو القمر فقط ظللت أمعن النظر بها حتى أجد نجمًا واحدا فلم أجد غير القمر أنا لا أعلم لماذا لا أستطيع أن أنسى حياتي الماضية .

هي ذهبت بعد أن حولتني إلى ما أنا عليه أحقًا كان يستحق ما حدث ما وصلت إليه

قاطعت تفكيري ساندي قائله: نعم يستحق

كل ما حدث كان تمهيدًا وسبب في وصولك إلى ما أنت عليه

أنظر حولك أمعن النظر جيدًا في هذه العائلة التي تجمعت بسببك أنت . أنظر إلى ما أصبحنا جميعًا عليه.

نظرت إلى أصدقائي بنظرة إعتدت دائمًا أن أنظرها لهم كما ينظر الأب لأبنائه.

ثم قالت ساندي : أنظر كم هم فرحين وسعداء كانوا جميعًا أشبه بمشردين لا مئوي لا أهل لا أصدقاء هم وهبوا نفسهم للقتال من أجل شيء ما.

أنظر إلى ؛ بيتر .أرثر .جيكوب .ديفيد .ستيفن . وسارة كيف كانت حياتهم بعد أن أصبحوا بلا...

قاطعتها سارة قائله:

_ كنا بلا منزل بلا أهل ، بلا أصدقاء بلا وطن

فقد خرجنا من موطننا بسبب الظلم الذي تعرضنا له كما تعرض الباقين أجمع ولكننا لم نصمت كما الآخرين وإنما حاولنا تحقيق شيء آخر فوهبونا نفسنا للقتال . ولولاك أنت وحدك ما كنا وصلنا إلى ما نحن عليه الآن .

أنا لا أفضل لك الجرح فقط تذكر ذلك :

"يولد النجاح من رحم المعناة"

أتعرف حقًّا . أنا أتمنى أن التقي صدفة بحبيبتك تلك التي بفضل جرحها هذا أصبحنا عائلة وأكثر . ثم أنني أحببتها من حديثك عنها . أكانت حقًّا جميلة إلى هذه الدرجة . أم هي شيء في مخيلتك فقط .

قاطعتها ساندي :

_سارة إتركيه وشأنه ،هذه أشياء خاصة به نحن لا دخل لنا بها . ثم إننا إن أحببنا شخص ما لا نحب شكلة ومظهره إنما نحب جوهره

_ أنا أعلم ذلك جيداً يا ساندي ،إننا أكثر من مجرد أصدقاء ألا يحق لنا أن نسمع بعضنا ،أن نشعر بآلام بعضنا .

_أنا لا أرجح أن نكون كما كنا في منازلنا .لا أحد يشعر بنا ،لا أحد يهتم لما يجول في خاطرنا .

- جميعنا بلا أستثناء كنا نفتقد الإهتمام .وهذا الشيء الوحيد الذي لا يستطيع أحد أن يطلبه من العالم .

_ أتفق معك يا سارة حقًّا إنه الشيء الوحيد الذي كان ينقصنا وحقًّا هو شيء لا يطلب ولا يعوض .

ثم إنصرفت بعيدًا عنهما .

تذكرت كم المعاناة التي واجهتني وأنا في منزلي كنت حينها فتاة يافعة لم تبلغ من العمر عشرين عامًا لكنني كنت أتطلع إلى أشياء تسبق سني.

ما كنت أتخيل قط إني سوف أترك كل أحلامي وطموحي من أجل شخص أحببته .

ثم بعدها يتركني فارغة بلا طموح ولا أحلام ولا يكون هو معي حتى لأجد نفسي هنا يومًا بين هؤلاء الأصدقاء .

أحقًا كان يستحق كل هذا الإهتمام والحب .

أم إنها كانت مرحلة تمهيدية فعلًا لأصل إلى هنا .

شعرت بالحزن والأسى على نفسي ، وجلست أتخيل أيام صباي حتى كادت عيناي أن تمطر دموعًا مختلطة بدماء جفوني ثم إنتفضت لأفق من غيبوبتي بيد تحسست يدي وتمسكها ، وصوت يقول لي :

ـ أكل شيء بخير يا ساندي

كان جيكوب ..

نعم!. نعم كما توقعت أنت .

البطل الذي يخرجك من محنتك إلى العالم .

الفارس الذي يشق بجوادة مثل البرق ظلمتك يحولها من عتمة قاحلة إلى نور دائم .

كان جيكوب

شاب في الثامنة والعشرين من عمره ، كان مهندس برمجيات بارع مجتهد في عملة وهكر أبرع .

وسيم الهيئة شعره أصفر عينان زرقاوان بشرة بيضاء ولهجته المصرية المكسورة هذه كانت تروق لي حقًا

ـ لا يا جيكوب .

لا يوجد شيء على ما يرام. مازلت محبوسة داخل ماضيا البائس ذاك .

ـ سيكون كل شيء على ما يرام فقط أن أنتِ تريدي ذلك .

ما النفع في التفكير في ماضي لم يعد له وجود . بينما هناك مستقبل تستطيعي أن تبنية كيف ما تشائين .

أنظري حولك يا ساندي الكل هنا له ماضي لكن يتجاهله ليس لأنه يريد أن يتجاهله إنما هو يريد أن يستمتع بما هو قادم .

إبتسمت له بحب .

ثم إرتميت بحضنه قليلاً

قال مبتسمًا لا بائس ولكن لا تعتادي على ذلك .

خرجت من بين أحضانه ونظرت له بحب ..

ثم لكمته على صدره لكمة بغضب ، إبتسم هو.ثم ضمني إليه مرة أخرى شعرت بدفء عناقة الحنون هذا .

ف إذا بي أليكس .

ـ أحم . هل هذا ما يلقبونه بالوداع الأخير أم ماذا .

قالت له ساندي لا يا أليكس ليس وداعًا وإنما هي ذكريات مؤلمة حقًا .

قلت لها هي حقًا مؤلمة

ـ أريس يردينا إلى الطعام هيا بنا .

ذهبنا إلى المطبخ لكي نجهز الطعام كما إعتدنا أن نفعل وبعد ما إنتهينا من تجهيزه وضعنا على المائدة وجلسنا لنتناوله

ف اذا بي أريس .

ـ جيكوب ؟

متى ؟ بنظرة ترمقني ب حدة

قلت: متى ماذا يا أريس ؟

قال: متى ستقول لـ ساندي إنك مغرم بها . أم تفضلون أن تبقوا الموضوع في الخفاء هكذا طيلة حياتكم

أحمرة وجنتاي حقاً

فإذا بساندي ترمقني بنظرة فرح وكأنها تنتظر مني أن أخبرها حقاً إني أحبها هي تعرف وجميعهم يعرفون هذا ولكن لا نصرح الموضوع في العلن بعد .

صمت لوهله ثم قلت: له يا أريس أنا لا أخفي شيء من هذا القبيل أنا كنت .. ثم صمت لوهله أخرى .

ثم ذهبت مسرعًا إلى غرفتي أحضرت الخاتم الذي لطالما كان معي دائماً .أحضرته خصيصًا لها ولكن لم أجد الفرصة حقاً . وأظنها قد حانت.

أريس : أين ذهب جيكوب يا ساندي

ـ لا أدري هل أخبركم إن أردتم معرفة شيء عنه أن تسألوني لا أعلم عنه شيء نحن أصدقاء ليس إلا أنا لست مغرمة به وهو أيضًا ليس مغرم بي كفاكم هذه الترهات والمزاح السخيف

نظرنا لها جميعا بتعجب كدنا نشعر بالغيرة في حديثها

ثم أتى جيكوب إلى الطاولة ولكنه ظل يحلق إلى ساندي ويحلق حتى وصل عندها .

نظر لها بإبتسامة ثم قال لها : دكتور ساندي . أنا أعرف جيدًا أن لديكي القدرة على الإطلاع على أفكارنا ومعرفتها ولكن هل سألتي نفسك يومًا لماذا أنا بالتحديد لا تستطيعي قراءة أفكاري ..

قالت له :

ـ تسألت كثيراً يا جيكوب ولكن لم اكترث للأمر وبما أنك طرحت هذا السؤال فأعطني إجابة له الآن .

قال لها : لأني لا أفكر بعقلي أنا أتصرف كما يخبرني قلبي وبتلقائيه ، حتى التفكير الذي أفكر به لعمل أي شيء أقوم به خطوة بخطوة جانب التفكير .دعينا من هذا الآن .

ثم نزلت على ركبتي وقدمت له خاتم.

_ دكتور ساندي !

هل تقبلي أن أكون زوجًا لكي ؟

قالت: أقبل ولكن؟

ثم صمتت قليلاً ،قلت لها:

_ ولكن ماذا ؟

قالت لي : إن أدياننا مختلفة وأنا أخشى أن يكون هذا الأمر سبب في مشاكل لنا فيما بعد و..

قاطعتها قائلا : وأنا أنظر إلى أريس مبتسمًا . وهذا هو العائق فقط .

قالت : نعم .

قال أريس :

_ يا ساندي جيكوب هاتفني أمس وأخبرني أنه يريد أن يعتنق الإسلام وذهبت بيه إلى شيخ أعرفه هنا وأنهينا كل شيء .

نظرت إلى ساندي وتغمرها السعادة أحقاً فعلت يا جيكوب ؟

_ نعم يا قرة عيني لقد فعلت ،

أخذت منه الخاتم ووضعته في إصبعي وعانقته بقوة، كادت ضلوعي أن تدمج بضلوعه، وغمرتني السعادة حقاً وأصبحت أسعد من في الكون

_ أنظري يا سارة كم هم فرحين وسعداء معاً .

_ أجل يا بيتر هما لطاف جداً مع بعضهم أتمنى أن تعم السعادة أرجاء حياتهم دائمًا .

أردت أن أذهب إلى مكان آخر فقد شعرت بالوحدة قليلاً .

وعندما هممت الذهاب قال لي بيتر :

_ سارة أنتِ بخير يا عزيزتي .

نظرت إليه وأنا أومئ براسي نعم .

ثم سمعنا ضجيج سيارة بالخارج هم كل منا إلى الطاولة وسحب من أسفلها سلاحه وتمركز كل منا في مكان يرتقب ماذا سوف يحدث.

قال ديفيد: وهو يضحك

_ ما بكم هل تعتقدون أننا في مطعم أو مكان عام لنكون معرضين إلى مثل هذه الشجارات نحن في ال(ASE)أكثر مقر عمليات سرية آمن في العالم

إستريحوا سوف أذهب لأرى ماذا يحدث بالخارج

ثم خرج ديفيد وما هي إلا ثواني وسمعنا تبادل إطلاق النار .

فزع الكل من مكانه إلى الخارج بسرعة قابلنا ديفيد والدماء على ملابسه ثم وقع على الأرض

ذهب ستيفن و أرثر و جيكوب و ساندي لمطاردة الفاعل .وبقى أريس و بيتر و أنا أخذنا ديفيد إلى الداخل لتضميد جرحه.

أحضرت شنطة الإسعافات الأولية وبقيت منتبهه مصوبة سلاحي على الباب بينما كان بيتر و أريس يداوون جرح ديفيد

أخرج أريس مصل وحقنه في ذراع ديفيد بعد أن أخرج الرصاصة من ذراعه وجلس على الكرسي ينظر إلى الرصاصة ويبتسم، ثم قال لي: أحضري الجميع .

ذهبت إليهم ورجعنا جميعًا .

كان ديفيد قد رجع إلى في وعيه، ثم تحدث إلينا أريس ..

_ لينتبه الجميع إلى ما سأقوله

في هذا الدرس يا ديفيد سنتعلم شيء وهو أن لا نأمن إلى شيء

ولا حتى السلاح الذي بيديك لا تعطي له الأمان قد تنفذ ذخيرته وأنت في أشد الحاجة إليه ، لا يوجد مكان آمن على الأرض مهما كان مجهز بأحدث التقنيات الدفاعية الحديثة .

لذلك يجب أن نكون منتبهين أكثر نحن معرضون للخطر في كل ثانية تمر .

- حسنا ..

_ صوفي ما الذي أتى بك إلى هنا

هذه طريقة دخول جيدة تأخذي عليها ٣ من ١٠ علامات فقط .

تقدمت إلى الأمام خطوات أتجه إلى مكان أعرف أنها ستكون مختبئة فيه فإذا بها تطلق رصاصتين أمام قدمي تنبيه إلى انني إذا تقدمت أكثر سوف تطلق رصاصة تصيب صميم قلبي .

لم اكترث للأمر، ثم قلت لها : أنا أعرف انك لأن تفعليها .وتقدمت أكثر وعندما أرادت أن تطلق النار كنت أمامها مباشرة

صوبت المسدس تجاه رأسي رفعت يدي إلى الأعلى قالت لي اخفض يديك ثم استدر وضعهما وراء ضهرك .

قلت لها : حسنًا وأنا أفعل ما تريد أخذت منها المسدس وفككته والقيته أمامها .

ابتسمت وقلت لها: لما كل هذه المغامرة .

قالت : كنت أرى هل ما زلت تتمتع بقدراتك القتالية أم أنها راحة عليك وابتسمت .

قلت لها : وماذا وجدتي

قالت : ما زلت كما كنت حينما تركتك .

نظرت لها ثم قلت : لأصدقائي أعرفكم بصوفي

"صديقة قديمة لي كنا تقابلنا عندما وصلت إلى أمريكي وهي من ساعدتني في الانضمام إلى الجيش الأمريكي

كانت وما زالت صديقة مقربه لديها مهارة عالية في القتال، أول من ساعدتني عندما وصلت إلى امريكا وهي أول من التقيت بها "

_ هؤلاء هم عائلتي الآن أعرفكِ بهم

قالت :أعرفهم جيدًا .

هذا " **بيتر لويس** " المهنة ؛دكتور جراح.

أنضم إلى الجيش البريطاني وكان من أفضل القناصين لديهم. السن ٢٧ سنه يفضل عيش حياة المقاتلين يحلم دائمًا أن يصبح ذا مكانة عالية

أنضم إليك لأنه أدرك أنك من تستطيع مساعدته للوصول إلى ذلك .

وهذا " **أرثر بول** " مولع بالسيارات والدراجات النارية

يحلم بأن يكون لدية قصر خاص به ولديه أفضل السيارات في العالم والدرجات النارية بعد أن يجري عليها تعديل ويضيف لها ما يحبه هو ويساعده على إتمام أي شيء يريده في غضون ثوان

المهنة مهندس سيارات وخبير استراتيجي في التقنيات الحديثة.

عمل لدى شركة مرسيدس ثم تركها بعد سنتين من العمل معهم لأنهم كانوا يظنون أنه مختل عقليًا . بسبب الإقتراحات التي كان يضعها في تصميم السيارات وانتقل إلى العمل في شركة BMW وعمل معهم أربع سنوات في هذه الآونة أصبحت هذه الشركة تحقق أعلى إيرادات في تاريخها .

ثم طلبه الجيش الأوكراني للإنضمام للجيش والعمل على تعديل مركباتهم الحربية مقابل ما يطلبه من المال ووافق ليس من أجل المال وإنما سيخوض تجربه جديدة ظنها

ستكون جيدة ولكن حياة الجيش في البداية لم تناسبه ثم اعتاد عليها بعد ذلك ، وكان مجبر على هذه الوظيفة حتى قابلك ، العمر ٢٨ سنه .

وهذا "جيكوب الكسندر ... "

المهنة مهندس برمجيات عمل لدى شركة مايكروسوفت وبرع حقًا في ما حققه من تقدم في الشركة كان يحمل مسئولية الشركة كاملة على عاتقة . استخدم خبراته في إسقاط بعض أنظمة شركات الإتصالات والبنوك الإسرائيلية مما جعلهم يتكبدون خسائر وخيمة

كان لديه مهارة عالية في التخفي لا أحد يعرف مكان تواجده بفضل المواقع الوهمية التي يستخدمها لحجب الإشارة عن أماكن تواجده .

لا تظن نفسك يا أريس إنك من وجدته إنما هو من كان يريدك أن تعثر عليه لأنه أيقن أنه سيكون بأمان جانبك

عمره ٢٩ سنة

"ستيفن سيمون ". خبير في الأسلحة النارية الثقيلة وصناعة القنابل

مهنته الأساسية عالم جيولوجي

أنضم إلى وكالة ناسا الفضائية في بعثة لإستكشاف كوكب أريس والذي كان كل ما يعرفونه عن هذا الكوكب إنه يمتاز هذا الكوكب القزم أريس بأنَّ حجمه مُساوي لحجم بلوتو، وتمّ اكتشافه عام ٢٠٠٣م، يبلغ نصف قطره حوالي ١,١٦٣ كم. يبلغ متوسط بعده عن الشمس حوالي ١٠,٢٥ مليار كم. يستغرق ٢٥,٩ ساعة للدوران حول نفسه. يحتاج إلى ٥٥٧ عامًا حتى يكمل دورانه حول الشمس. لا يُعرف الكثير عن تركيب الداخلي لي أريس ، لكنه يمتلك سطحاً ذا طبيعة صخرية مثل بلوتو. يمتاز غلافه الجوي بتجمده وتساقطه على سطح الكوكب عند ابتعاده عن الشمس، وذوبانه مرة أخرى عند اقترابه منها. يمتلك أريس قمرًا صغيرًا يسمى ديسنوميا

أرادت وكالة ناسا أن ترسل بعثة إستكشافية مره أخرى بعد التطور الكبير الذي توصلت إليه وهو نظام بيئي أو كما كان يطلق عليه المدينة المتنقلة تمكنت من صناعتها وكالة ناسا أخير لمساعدتهم في إستكشاف الكواكب. يمكنهم من المكوث داخل أي كوكب

مهما كانت خصائصه كأنهم على الأرض . نفس عدد الساعات والأيام، والخصائص. لا تختلف شيء عن حياتك في كوكب الأرض

ورجعوا بعد سنة أرضيه التي لم تتعدي ٣٥٠يوم على الكوكب .

لا أحد يعلم إلى الآن ما تم إكتشافه من خلال هذه البعثة ثم ترك العمل معهم عقب رجوعة من هذه البعثة عمره ٢٨ سنه

بالنسبة إلى هؤلاء الأربعة من مدينة فرانكفورت (فرانكفورت أم ماين) (بالألمانية: Frankfurt am Main) أو إفرنقبرذ كما أسماها الإدريسي

" تقع مدينة فرانكفورت وسط غرب ألمانيا، بمحاذاة ضفاف نهر الماين في ولاية هسن، وتُعدّ العاصمة الإقتصاديّة لألمانيا بسبب وجود مقار العديد من الشركات والبنوك وبورصة فرانكفورت ومقر البنك المركزي الأوروبي بالإضافة إلى المعارض الكثيرة التي تقام فيها سنوياً. تكثر بها الأبنية العالية وبسبب موقعها على نهر الماين، يرمز لها أحياناً «بماينهاتن» تشبهاً بحي مانهاتن في نيويورك. بها أيضاً جامعة يوهان فولفغانغ فون غوته وعدة معاهد عليا. يعد مبنى كوميرز بأنك (البنك التجاري) في المدينة أعلى بناية مكاتب في أوروبا بارتفاع قدره ٢٥٨ متراً. تاريخياً عايشت فرانكفورت أحداث تنصيب العديد من الأباطرة (القياصرة) في ألمانيا، كما كانت مقر لإجتماعات المجلس الوطني التشريعي الألماني عام ١٨٤٨، والذي اعتبر لاحقاً عماد الدولة الألمانية الحديثة. الفيلسوف الألماني غوته هو من مواليد المدينة، وفيها وُلد مؤسس بنك روتشيلد التي كان لها أثر كبير على تاريخ أوروبا

وهي مُلتقى شبكة كبيرة من المواصلات الجويّة والبريّة والبحريّة حول ألمانيا وأوروبا، وتُعرَف فرانكفورت بأنّها من أقدم المُدُن التي أصدرت الصُّحف على مستوى العالم؛ حيث تصدر فيها صحيفتان كبيرتان من الصحف الألمانيّة اليوميّة، هما: فرانكفورتر ألغماينة تسايتونغ الليبراليّة المُحافظة، وفرانكفورتر روند شاو اليساريّة الليبراليّة، بالإضافة إلى صحيفة البورصة الألمانيّة. تدلّ الآثار الموجودة في مدينة فرانكفورت على أنّها قد سُكِنت منذ العصر الحجريّ، ويعود للرومان أمر اكتشاف المدينة منذ القرن الأول قبل الميلاد، وقد تمّت الإشارة إلى المدينة في المخطوطات التي ألّفها إيغنهارد في القرن الثامن للميلاد، وكان يتمّ أثناء عهد حكم الإمبراطور شارلمان من العام ٨٠٠م إلى العام ٨١٤م

اجتماع الإمبراطور مع كبار مستشاريه؛ لتداوُل شؤن الإمبراطوريّة، واختيرت المدينة عاصمةً لمنطقة فرانكونيا...يزيد عدد سكّان مدينة فرانكفورت عن ٦٩١,٥١٨ نسمةً وفق إحصائيّة أُجرِيت في العام ٢٠١١م، ٢٦,٨٪ منهم من الأجانب أو الألمان ذوي الأصول المُهاجِرة؛ إذ إنّ هناك ما يقارب ١٨٠ جنسيّةً أجنبيّةً تعيش في المدينة، تعود أكثر أصولهم إلى الأتراك، والمغاربة، والباكستانيين، والإيطاليين، وغيرهم العديد، أمّا ديانات السكّان فهي مُتعدّدة أيضاً؛ فمنهم: المسيحيّون الكاثوليك، ومنهم البروتستانت، والأرثوذكس، والمسلمون، والعلمانيون، مع أعداد قليلة من اليهود. يتميز مناخ فرانكفورت بأنّه من أكثر مدن ألمانيا ومناطقها دفئاً؛ حيث يصل متوسط درجة حرارة المدينة إلى ١٠ درجات مئويّة. تحتلّ فرانكفورت مكاناً متقدماً بين مدن العالم؛ من حيث تميزها الإقتصادي والمالي والصناعي، بالإضافة إلى خدمات الإنتاج والمعارض العالميّة، كما تضمّ المدينة مقرّ المصرف المركزيّ الألمانيّ، بالإضافة إلى البنك المركزيّ الأوروبيّ، والمصارف الألمانيّة الأربعة الكبرى، وبنك إعادة الإعمار. تضمّ مدينة فرانكفورت الكثير من المعالم الشهيرة، مثل: المتحف الألمانجي للعمارة. المتحف الألماني للفيلم. متحف الفنون التطبيقيّة. بيت الأوركسترا الذي تمّ افتتاحه في العام ١٩٨١م، امتداد الاوبرا القديم الذي دُمِّر أثناء الحرب العالميّة الثانية، والذي يعود تاريخ بنائه إلى العام ١٨٨١م. كنيسة القديس بولس. منزل غوته، وهو المنزل الذي وُلِد فيه الفيلسوف الشهير غوته. شارع الزايل(Zeil) الذي يُعدّ من أكبر الشوارع التجاريّة في أوروبا، ويضمّ الكثير من المحلات، والمتاجر، والمطاعم. شارع غوته (Goethe Str)، وهو امتداد فرعيّ لشارع الزايل (Zeil)، ويضمّ الكثير من المتاجر ذات الماركات العالميّة الشهيرة."

من وجهة نظري أن أوروبا تدين بالكثير إلى فرانكفورت هذه .

وهذا " **ديفيد دانيل** "

المهنة عالم بيولوجيّ

السن ٢٧ عام

سافر في بعثة استكشافية إلى سيبيريا الروسية لإعتبار هذه المنطقة ذات أهمية في أعمال الحفريات حيث أنها تحتوي على جثث لحيوانات ما قبل التاريخ تعود للعصر الجليدي ، محفوظة في الثلج والجليد الدائم.

أنضم إلى الجيش السيبيري بعد أن طلبوا منه العمل معهم في صناعة الأسلحة الكيميائية.

بنيته الأفريقية وهيئته تدل على أنه مقاتل جيد

من مواليد جمهورية موريشيوس هي جزر صغيرة بوسط المحيط الهندي تبعد عن ملاجاشي (مدغشقر) بحوالي ٨٦٠ كيلومتر. الرحالة البرتغالي دون بيدرو ماسكارينهاس كان أول من عرف العالم بها في العام ١٥٠٥ وقد قام بإطلاق اسم ماسكارينس على مجموعة الجزر المعروفة الآن بموريشيوس، رودريغز وريونيون. وفي عام ١٥٩٨، رسا أسطول هولندي في غراند بورت مما أدى إلى إقامة أول مستعمرة هولندية على الجزيرة في ١٦٣٨. وعلى مدى السنين، أدخل الهولنديون إلى الجزيرة قصب السكر والحيوانات الأليفة والغزلان قبل رحيلهم عنها في ١٧١٠. وجاء من بعدهم الفرنسيون في سنة ١٧١٥ وأسسوا ميناء بورت لويس -عاصمة البلاد حاليًا- وظلت جزيرة موريشيوس قاعدة لهم حتى هزيمة نابليون، فاستولت عليها بريطانيا في سنة ١٨١٠ م، وأقاموا سلطة تحت قيادة روبرت فاركوهار قامت فيما بعد بغرس تغييرات إجتماعية وإقتصادية سريعة في الجزيرة. أجرت البلاد انتخابات عامة في ١٩٦٧، وضعت بعدها موريشيوس دستور جديد وأعلنت أستقلالها في ١٢ مارس ١٩٦٨، ثم لحق ذلك الإعلان عن جمهورية موريشيوس في ١٢ مارس ١٩٩٢.

في هذه الأيام، تُعرف موريشيوس على أنها جمهورية ديموقراطية مبنية على نموذج ويستمينستير والذي يضمن الفصل بين كل من القوى التشريعية والتنفيذية والقضائية. تتمتع الجزيرة الآن باستقرار سياسي حيث يتم انتخاب ٦٢ عضو للجمعية الوطنية كل ٥ أعوام. وفي حين وجود رئيس للدولة، فرئيس الوزراء هو من يحمل القوى التنفيذية بالإضافة إلى قيادة الحكومة.

"تبلغ مساحة جزر موريشويس ٢،٥٠٠ كيلومتراً، وبلغ عدد السكان حواليخ ١،٠٧٨،٠٠٠ نسمة وفقاً لإحصاء عام ١٩٨٨. وعاصمة موريشيوس هي ميناء بورت لويس وهو أولى الموانئ التي أسست فيها، كما أنّها من الجزر البركانيّة التي لا ترتفع أراضيها كثيراً حيث إنّ أعلى جبالها هو الجبل الأسود والذي يصل ارتفاعه إلى قرابة (٨٢٧) متراً تقريباً، أمّا مناخها فهو استوائي دافئ وقليل الأمطار شتاءً ومعتدل صيفاً

يسكنها الناس من جنسيات وثقافات وأديان متنوعة ومختلفة، ففيها من يعتنقون الديانة الإسلاميّة والمسيحيّة والهندوسية، أمّا عن الجنسيّات ففيها الصينيين والكريوليين؛ لذلك نجد المساجد والكنائس إضافةً للمعابد في كل النواحي منتشرة، ويتحدث سكانها اللغتين الإنجليزيّة، والفرنسيّة بطلاقة إضافةً إلى وجود مجموعة من اللغات الشرقية المختلفة ."

_ أعتذر على الإصابة ولا تقلق أنه جرح سطحي .

وهذه "..سارة غابرييل "

العمر. ٢٦ سنة

المهنة تعمل أو كانت تعمل لدى المافيا الإيطالية عميلة بارعة حقًا ولكنها فيما بعد أدركت أنها تسير في طريق خاطئ ، كانت تعلم بشأن منظوماتكم وتعرف عنكم الكثير هجرت عملها للانضمام إليكم في اعتقادها أنها يمكنها تصحيح بعض أخطائها .

من مواليد صِقِلِّية (بالإيطالية تلفظ "سيتشيليا" ،Sicilia)، هي أكبر جزيرة في البحر الأبيض المتوسط، ومنطقة ذاتية الحكم في إيطاليا. الجزر الصغرى حولها مثل الجزر الإيولية هي جزء من صقلية. اسمها الرسمي هو منطقة الحكم الذاتي الصقلية.

خلال معظم تاريخها كانت صقلية موقعاً استراتيجياً حاسماً. يعود ذلك في جزء كبير لأهميتها في طرق التجارة المتوسطية.

اعتبرت المنطقة جزء من ماجنا غراسيا حيث وصف شيشرون سيراكوزا بأنها أعظم وأجمل مدينة في اليونان القديمة.

أرخميدس وهو أحد أعظم العلماء والرياضيين في العالم القديم صقلي الأصل وولد في مدينة سيراكوزا.

كانت الجزيرة دولة في حد ذاتها في إحدى مراحل تاريخها. كما أن نفوذها امتد من باليرمو على جنوب إيطاليا وصقلية ومالطا. أصبحت لاحقاً جزء من الصقليتين تحت حكم البوربون، والتي كانت مملكة عاصمتها نابولي وضمت الجزيرة ومعظم مناطق جنوب

إيطاليا. أدى توحيد إيطاليا عام ١٨٦٠ إلى حل هذه المملكة وأصبحت صقلية منطقة ذات حكم ذاتي في مملكة إيطاليا.

صقلية اليوم إقليم حكم ذاتي في إيطاليا. تبلغ مساحة صقلية ٢٥،٧٠٨ كم² لتكون بذلك أكبر الأقاليم الإيطالية مساحة ويبلغ تعداد سكانها نحو خمسة ملايين نسمة.

"تمتلك صقلية ثقافة غنية وفريدة من نوعها وخاصة فيما يتعلق بالفنون والموسيقى والأدب والمطبخ والعمارة واللغة، حيث كانت مهداً لبعض من أعظم الشخصيات وأكثرها تأثيراً في التاريخ. يستند الاقتصاد الصقلي إلى حد كبير على الزراعة (البرتقال والليمون أساساً). جلب هذا الريف الإيطالي والجمال الطبيعي الصقلي السياح بكثرة في العصر الحديث. تأتي أهمية صقلية أيضاً من المواقع الأثرية والقديمة مثل نكروبوليس بانتاليكا ووادي المعابد.

تعاني السياسة والاقتصاد الصقليان من الجريمة المنظمة وهي عبارة عن أو تصنف على أنها فئة من التجمعات لشركات ومشاريع عالية المركزية وتكون هذه التجمعات إما محلية أو دولية عابرة للحدود وتدار هذه الشركات عن طريق المجرمين الذين ينوون الإنخراط في نشاط غير قانوني. في أغلب الأحيان تكون بهدف المال والربح، وبعض المنظمات الإجرامية مثل الجماعات الإرهابية تكون لها دوافع سياسية.

وفي بعض الأحيان تجبر هذه المنظمات الإجرامية الناس على القيام بأعمال تجارية معهم، كأن تقوم عصابة بجمع الأموال من أصحاب المحلات لما يسمى «الحماية». وقد تصبح العصابات منضبطة بما يكفي لكي تعتبر منظمة. ويمكن الإشارة إلى منظمة أو عصابة إجرامية بالمافيا أو بؤرة جريمة. وأيضاً يطلق على شبكة أو مجتمع المجرمين باسم العالم السفلي. يقوم علماء الاجتماع الأوربيون مثل «دييجو جامبيتا» بتعريف المافيا كنوع من أنواع المجموعات الإجرامية المنظمة التي تتخصص في توفير الحماية القانونية العالية للأفعال الغير قانونية. عمل غامبيتا الكلاسيكي على المافيا الصقلية يولد دراسة اقتصادية للمافيا، والتي لديها تأثير كبير على الدراسات المتعلقة بالمافيا الروسية، والمافيا الصينية، «ثالوث هونغ كونغ» وأيضاً الياكوزا اليابانية."

وقد تستخدم منظمات أخرى ـ بما في ذلك الدول والجيوش وقوات الشرطة والشركات ـ أحيانًا أساليب الجريمة المنظمة للقيام بأنشطتها، ولكن سلطاتها مستمدة من وضعها كمؤسسات إجتماعية رسمية.

وهناك دائماً ميل إلى التمييز بين الجريمة المنظمة والأشكال الأخرى للجريمة، مثل جرائم ذوي الياقات البيضاء والجرائم المالية والجرائم السياسية وجرائم الحرب وجرائم الدولة والخيانة. وهذا التمييز ليس واضحاً دائمًا، ويواصل الأكاديميون مناقشة هذه المسألة. على سبيل المثال: في الدول الفاشلة التي لم تعد قادرة على أداء الوظائف الأساسية مثل التعليم والأمن والحوكمة (عادة بسبب العنف المجزء أو الفقر المدقع)، فإن الجريمة المنظمة والحوكمة والحرب تكمل بعضها البعض أحيانًا.

وقد استخدم مصطلح الأليغركية لوصف البلدان الديمقراطية التي تخضع مؤسساتها السياسية والاجتماعية والاقتصادية لسيطرة عدد قليل من الأسر أو الأليغاركس التجارية.

في الولايات المتحدة، يعرِّف قانون مكافحة الجريمة المنظمة (١٩٧٠) الجريمة المنظمة بأنها الأنشطة غير المشروعة التي تقوم بها رابطة منظمات منظمة تنظيما عاليًا.

كما يشار إلى عمليات الابتزاز على أنه عملية منظمة. وفي المملكة المتحدة، تقدر الشرطة أن الجريمة المنظمة تشمل ما يصل إلى ٣٨ ٠٠٠ شخص يعملون في ٦ ٠٠٠ مجموعة مختلفة. وبسبب تصاعد أعمال العنف في حرب المخدرات في المكسيك، وصف تقرير صادر عن وزارة العدل بالولايات المتحدة كارتلات المخدرات المكسيكية بانها «أكبر تهديد للجريمة المنظمة للولايات المتحدة».

وهذه "ساندي عبد الله ".

عمرها ٢٦ سنه

المهنة دكتوره نفسية

لها القدرة على معرفة ما تفكر به أو ما يدور برأسك "موهبة ربانيه"

سافرة إلى أمريكا لإستكمال دراستها في علم النفس، ثم حطم قلبها حبيبها الذي لم تعشق في حياتها مثله.

أرادت أن تنتحر ولم تكن صدفة أن يلحقها أريس. بل كان قدرها ، كانت تحب إقتناء الأسلحة والقتال كانت تحلم بأن تنضم إلى الجيش المصري ولكن لم يحالفها الحظ

وعندما أنقذ حياتها أريس وعرف أنها مصرية وقف بجانبها وعندما علمت طبيعة عمله لم تتردد لحظة في الإنضمام إليه

من مواليد مصر وهنا سوف اعرفكم بمصر الدولة العربية الوحيدة القريبة إلى قلبي

" مِصرُ (رسميًا: جُمْهُورِيَّةُ مِصْرَ العَرَبِيَّةِ) هي دولة عربية تقع في الركن الشمالي الشرقي من قارة أفريقيا، ولديها إمتداد آسيوي، حيث تقع شبه جزيرة سيناء داخل قارة آسيا فهي دولة عابرة للقارات، قُدّر عدد سكانها بـ١٥٠ مليون نسمة، ليكون ترتيبها الثالثة عشر بين دول العالم بعدد السكان والأكثر سكاناً عربيًّا. يحدها شمالاً البحر المتوسط و جنوباً السودان و شرقاً البحر الأحمر و من الشمال الشرقي قطاع غزة والأراضي المحتلة (إسرائيل) وغرباً ليبيا، تبلغ مساحة جمهورية مصر العربية حوالي ١،٠٠٢،٠٠٠ كيلومتر مربع. والمساحة المأهولة تبلغ ٧٨،٩٩٠ كم٢ بنسبة ٧,٨٪ من المساحة الكلية.

وتُقسم مصر إداريًا إلى ٢٧ محافظة، وتنقسم كل محافظة إلى تقسيمات إدارية أصغر وهي المراكز أو الأقسام.

ويتركز أغلب سكان مصر في وادي النيل وفي الحضر ويشكل وادي النيل والدلتا أقل من ٤٪ من المساحة الكلية للبلاد أي حوالي ٣٣٠٠٠ كم٢، وأكبر الكتل السكانية هي القاهرة الكبرى التي بها تقريبًا ربع السكان، تليها الإسكندرية؛ كما يعيش أغلب السكان الباقين في الدلتا وعلى ساحلي البحر المتوسط والبحر الأحمر ومدن قناة السويس، وتشغل هذه المناطق ما مساحته ٤٠ ألف كيلومتر مربع. بينما تشكل الصحراء غير المعمورة غالبية مساحة البلاد.

تشتهر مصر بأن بها إحدى أقدم الحضارات على وجه الأرض حيث بدأ البشر بالنزوح إلى ضفاف النيل والاستقرار وبدأ في زراعة الأرض وتربية الماشية منذ نحو ١٠،٠٠٠ سنة. وتطور أهلها سريعًا وبدأت فيها صناعات بسيطة وتطور نسيجها الاجتماعي المترابط، وكوّنوا إمارات متجاورة مسالمة على ضفاف النيل تتبادل التجارة، سابقة في ذلك كل بلاد العالم. تشهد على ذلك حضارة البداري منذ نحو ٧٠٠٠ سنة وحضارة نقادة (٤٤٠٠ سنة

قبل الميلاد - نحو ٣٠٠٠ سنة قبل الميلاد). وكان التطور الطبيعي لها أن تندمج مع بعضها البعض شمالًا وجنوبًا وتوحيد الوجهين القبلي والبحري وبدأ الحكم المركزي الممثل في بدء عصر الأسرات (نحو ٣٠٠٠ سنة قبل الميلاد). وتبادلت التجارة مع جيرانها حيث تعد مصر من أوائل الدول التجارية. وكان لإبتكار الكتابة في مصر أثرًا كبيرًا على مسيرة الحياة في البلاد وتطورها السريع، وكان المصري القديم مولعًا بالكتابة، كذلك شهدت مصر القديمة تطورًا في مجالات الطب والهندسة والحساب.

تواكبت على مصر العديد من العصور والحقب التاريخية، مرورًا بالفرس (نحو ٣٤٣ قبل الميلاد) ثم قدوم الإسكندر الأكبر (٣٢٣ قبل الميلاد) والذي تأسست بعده الدولة البطلمية، وبعدها غزاها الرومان (٣١ قبل الميلاد) وظلت تحت حكمهم ٦٠٠ عام. وفي فترة حكم الرومان شهدت مصر ظهور المسيحية وانتشارها في مصر، وبعدها جاء الفتح الإسلامي (نحو ٦٣٩ بعد الميلاد) وتحولت مصر إلى دولة إسلامية. وتأسست في مصر العديد من الدول مثل: الدولة الطولونية ثم الإخشيدية ثم الفاطمية ثم الأيوبية ثم المماليك، وبعدها أصبحت تحت حكم العثمانيين حتى عام ١٩١٤ عندما أعلنت السلطنة، ثم تحولت إلى مملكة (١٩٢٢)، ثم تحولت بعد ذلك إلى جمهورية (١٩٥٤).

تشتهر مصر بالعديد من الآثار حيث يوجد بها ثلث آثار العالم، مثل أهرام الجيزة وأبي الهول، ومعبد الكرنك والدير البحري ووادي الملوك وآثارها القديمة الأخرى، مثل الموجودة في مدينة منف وطيبة و الكرنك، ويُعرض بعض من هذه الآثار في المتاحف الكبرى في جميع أنحاء العالم. وقد وجد علم خاص بدراسة آثار مصر سمي بعلم المصريات، وكذلك هناك الآثار الرومانية والإغريقية والقبطية والإسلامية بمختلف عصورها.

تعد اللغة المصرية القديمة من أقدم لغات العالم واستمرت أكثر من ٣٠٠٠ سنة، واخترع المصريون القدماء الكتابة الهيروغليفية. تعد اللغة العربية هي اللغة الرسمية لها، ووفقًا للدستور الدين الرسمي الإسلام، ونظام الحكم فيها جمهوري ديمقراطي. وتُعد مصر من الأعضاء المؤسسين لجامعة الدول العربية ويوجد بها المقر الرئيسي لها، كذلك تعد من الأعضاء المؤسسين للأمم المتحدة حيث انضمت لها عام ١٩٤٥، بالإضافة إلى عضويتها بالإتحاد الأفريقي، وكذلك تعد مصر عضوًا في العديد من الاتحادات والمنظمات الدولية، ولديها العديد من العلاقات الدبلوماسية مع أغلب دول العالم. في ٢٠١٦، أخذت مصر مركز جنوب أفريقيا لتصبح ثاني أكبر إقتصاد في إفريقيا (بعد نيجيريا)."

لطالما حلمت دائمًا بأن أذهب إلى مصر ولكن لم تحن الفرصة بعد .

وهذا كل ما نحتاج معرفته عنكم

نظر الجميع إليّ متعجبين في حيرة من أمرهم كيف لي أن أعرف كل هذه المعلومات ونظرت أنا إلى أريس .

ابتسمت وقلت لهم : أنا أعرف كل هذا عنكم لأنني عميلة مخابرات مركزية وعميلة فدرالية لدى USA ثم قلت لي أريس

_ هل هناك شيء من هذا خاطئ يا أريس

قال لا هناك أشياء أنا حقاً لم أكن أعرفها

قلت : حسنا ... سوف أعرفكم بي أريس وبعدها سأعرفكم بنفسي أكثر لأننا سنبقي مع بعضنا كثيراً .

(ابن زيوس) أو كما تسمونه أريس

اسمه الحقيقي

أحمد صومع

من مصر روائي وكاتب شعر أو كان كذلك

كان لدية حبيبة تدعى اسماء ، حدث إختلاف بينهم في شيء تشاجروا عليه ، ثم انفصلا بعد ذلك تحطم قليلاً ثم بعد ذلك إعتا على الأمر إلى أن تقابل صدفة مع بنت أخرى في حفلة من حفلات الشعر وقعوا في غرام بعضهم ، لقبها بمخدراته بعدها أخبرته أنها لم تقرأ في حياتها غير رواية واحده اسمها مخدرات

كانت حياتهم جميلة معًا متفاهمين إلى حد ما رغم إختلاف السن بينهم فكانت هي تسبقه في العمر بعامين ولم يكن عائق في حياتهم بل زادهم تقربًا من بعضهم

ولكنهم انفصلوا بعد ذلك ولم تدم علاقتهم كثيرًا

تحطم مرة أخرى وتملك منه اليأس إلى أن وجد نفسه لا يفلح في أي شيء يقوم به .

قرر السفر إلى أمريكا لعله يفعل شيء وحينها قابلته وأنتم تعرفون ما حدث بعد ذلك .

في عام ٢٠٥٥ م إنشاء ال (A.S.E)

وهي عبارة عن إمبراطورية خاصة به لا تخضع لحكم أحد سواه تقوم بمهمات انتحارية مقابل المال. ولكن ليس هذا السبب الرئيسي وإنما هو أراد شيء آخر سنعرفه فيما بعد .

أما عني أنا .

أنا أدعي صوفي ...صوفي أرنستو

السن ٢٧ سنة

أعمل لدى الحكومة الفيدرالية الأمريكية

من مواليد مدينة نيويورك

—غالباً ما تعرف باسم مدينة نيويورك للتمييز بينها وبين ولاية نيويورك— هي المدينة الأكثر سكاناً في الولايات المتحدة وتعد المدينة أكبر المدن في ولاية نيويورك وفي الولايات المتحدة الأمريكية، والأكثر تأثيراً في مجالات التجارة والمال، والإعلام والفن والأزياء، والعلوم والتكنولوجيا والتعليم والترفيه والسياحة.

وتعتبر مدينة نيويورك أحد أهم مراكز التجارة والمال في العالم، فهي عاصمة اقتصادية للولايات المتحدة لكثرة الشركات والبنوك العالمية فيها، ويوجد بها مقر الأمم المتحدة. وسوق الأوراق المالية ومؤشر الداو جونز الصناعي. توصف مدينة نيويورك بأنها العاصمة الثقافية والاقتصادية للعالم.

تنقسم مدينة نيويورك إلى خمسة مناطق: مانهاتن وبرونكس وبروكلين وكوينز وستاتن آيلاند. وتعرف بشارع يدعى شارع برودواي، تقام فيه العديد من العروض المسرحية، وسنترال بارك إحدى أكبر الحدائق العامة في العالم.

تعود جذور مدينة نيويورك إلى العام ١٦٢٤ حيث تم إنشاؤها كمركز تجاري من قبل المستوطنين من الجمهورية الهولندية، وقد تمت تسميتها أمستردام الجديدة في العام ١٦٢٦.

وخضعت المدينة والمناطق المحيطة بها إلى السيطرة الإنجليزية في العام ١٦٦٤ وتمت تسميتها نيويورك بعد قيام تشارلز الثاني ملك إنجلترا بمنح الأراضي لأخيه، دوق يورك. وكانت نيويورك عاصمة الولايات المتحدة الأمريكية من العام ١٧٨٥ وحتى ١٧٩٠.

وهذا كل ما نحتاج معرفته عن بعضنا .

_لقد تركت عملي يا أريس وأنا هنا الآن الإنضمام لكم .

- نتشرف بوجودك معنا سيدة صوفي الوقر بالكامل ملك لك .

والآن انتبهوا إلى ما...

قاطعتني رنة هاتفي أجبت في الحال وبعد محادثة لم تكن طويلة. أقفلت الخط وبدأ يظهر على وجهي القلق .

قال الجميع ما بك يا أريس، قلت لهم: لا شيء يجب أن أسافر إلى مصر الآن .

فوالدتي ليست بحال جيد

قال الجميع :سنأتي معك

قلت لهم: لا أبقوا هنا لن يناسبكم الوضع هناك

أصرّوا على القدوم معي ، قلت لهم :حسنا

أعد الجميع الحقائب

أرسلت إلى صديقي في مصر رسالة ليعرف أنني قادم لإلغاء ساعات. وطلبت منه أن يجهز لي ٥ سيارات وأن يحجز لي طابق في فندق ما في الإسكندرية

قال لي: حسنا .

ثم جهزنا الطائرة الخاصة بنا واتجهنا إلى مصر

أثناء الرحلة وعدت جيكوب و ساندي أن يتم زواجهم في مصر بعد أن نطمئن على والدتي ، ثم قلت لهم: لا أحد يعرف طبيعة عملي من أهلي ولا اسم أريس هذا

أنا أحمد فقط حسنًا

قالوا : حسنا يا أريس .

نظرت لهم جميعًا مبتسما وقلت: أحمد اسمي أحمد

قالوا: حسنًا .

وما هي إلا ساعات قليله ووصلنا إلى القاهرة تحديداً في 2(A.S.E)خرجنا من المروحية وأخذنا معنا أمتعتنا ودخلنا إلى الوقر غيرنا ملابسنا ثم خرجنا جميعاً

ركبت سيارتي ثم ركب بيتر وسارة سيارة أخرى

ثم جيكوب وساندي ثم أرثر وصوفي ثم ديفيد وستيفن قلت لهم: اتبعوني في خط مستقيم لا سرعة زائدة لا تعير انتباهك إلى أحد مهما حدث سوف نذهب إلى حيث ولدت أنا لا تقلقوا من شيء ليس هناك خطر ولكن احذروا التحدث أو التعامل مع أحد من هناك فإن هذه البلدة لم تشهد دخول أجانب إليها في حياتها .

ثم انطلقنا من القاهرة إلى الإسكندرية ثم إلى البحيرة تحديداً إلى قرية ريفية تابعة لمركز كفر الدوار .

أخبرت ساندي أن تأخذ سيارة وتذهب هي إلى بيتها فهي لم تكن من بلدي وبيتها تابع لمدينة دمنهور والتي هيا تبعد عن بيتي حوالي نصف ساعة بالسيارة .

عندما كنا في الطريق إلى منزلي توقفت في إحدى حدي المناطق .. لقد نفذت سجائري وقد نسيت إحضار مكينة لف السجائر الإلكترونية الخاصة بي .

ذهبت لإحضار السجائر من ماركت على الطريق وحينما أردت أن أتحرك .. رأيتها . لأجد نفسي توقفت أمام منزلها، نظرت لي نظرة استدرت إلى الجانب الآخر لكي لا تعرفني ثم قالت لي : أحمد

أنت أحمد .. كنت حينها قد غيرت في شكلي قليلاً أطلقت لحيتي وأطلت شعري مرتدي نظارات شمسية.

تحدثت معها باللغة الإنجليزية وتحدثت معي أيضاً وقالت لي: في النهاية أعتذر فقد ظننتك شخص أعرفه فإنه يشبهك كثيراً

قلت لها : هو زوجك .

قالت : لا كنا صديقين في الأيام الماضية ولكني لم أسمع عنه أخبار منذ مدة طويلة أتعرف اليوم هو عيد مولده كنت أريد أن أعتذر له على ما بدر مني ولكن لعله سيدرك ذلك يومًا ما .

آسفة ازعجتك بحديثي

قلت لها: لا عليكِ .

_ أهلا بكم في مصر إن احتجتم لشيء ما لا تترددي في أن تخبرني أنا هنا في الخدمة رحلة سعيدة .

ثم ذهبت .. أخذت علبة السجائر من الرجل ثم ركبت السيارة وانطلقنا ولا أعلم ماذا أفعل

وصلت إلى منزلي أخيراً نزلت من السيارة ثم نزل الجميع استقبلنا شقيقي ووالدي في الطابق الأول الخاص بالضيوف.

سلمت عليهم ثم ذهبت إلى والدتي كي أطمئن عليها. وحينما وصلت إليها ارتمت بحضني عنااااق طويل وأنا لا أفهم شيء ما بك يا أمي قالت :لا شيء يا بني أنا فقط اشتقت إليك فما وجدت غير هذه الحيلة أفعالها وقد نجحت .

نظرت لها لا أدري ماذا أقول ، ثم قلت لها : بالله عليكِ يا أمي اتمزحين معي حقاً.

أنتِ لا تعرفي كيف كنت قلقاً عليكِ

_ الحمد لله علي سلامتك .

ثم عانقتها وقلت لها لا بأس يا عزيزتي، وجلسنا معا بعضنا أقبل يدها ورأسها . ثم قلت لها :هل جهزتِ الطعام

قالت : نعم

قلت لها: وأخيراً أنا لم أستمتع بالطعام والشراب هناك حقاً يا أمي .

قالت : لا بأس يا بني فقد أعدت ما يكفي من الطعام لك وأصدقائك .

قلت لها : يا خبر لقد نسيت أنهم قد جاءوا معي هيا بنا نذهب إليهم .

قالت : هيا بنا يا بني

ونزلنا إلى الطابق السفلي. سلمت أمي على أصدقائي وجلسنا نتحدث ، ثم قلت لأمي :
- هيا لناكل فقد جئنا من سفر طويل .

قالت : حسنا يا بني . نصف ساعة فقط وسوف أحضر الطعام، وذهبت لتجهيز الطعام .

أخبرت سارة وصوفي اللحاق بها لمساعدتها ، وذهبا إليها

بينما جلست مع والدي وشقيقي وأصدقائي يسألني أبي عن الشركة التي نعمل بها .

فأنا لم اطلعهم على طبيعة عملي وإنما أخبرتهم أننا نعمل لدي شركة لتصنيع الأسمدة العضوية الزراعية وأننا نعمل الآن على تطوير بعض النباتات من ثمار الفاكهة والخضروات وأننا علي بعد خطوات من تحقيق هذه الإنجازات وهكذا . ثم سألته كيف تثير الأمور داخل الشركة هنا .

قال : كل شيء بخير سوف نذهب إليها غداً إن شاء الله بعد أن تنالوا قسط من الراحة من سفركم .

قلت له : حسنا .

وبينما نتحدث أتت سارة تخبرنا بأنهم قد أعدوا العشاء ووضعوه على السفرة .

ذهبنا إلى غرفة الطعام وجلسنا على السفرة وبدأنا نأكل فقالت أمي ونحن نأكل : ماذا حدث لي صديقك ، ثم أشارت إلى ديفيد .

قلت لها : لا شيء فقد تعرض لإصابه أثناء العمل في المختبر .

قالت : أحقًا حدث ؟ لماذا لا تنتبهوا إلى أنفسكم قليلًا ؟أم إنكم تريدون إفناء حياتكم من أجل العمل .

قلت لها : هذا نصيبه يا أمي . قدر الله ما شاء فعل .

قالت: الحمد لله أنه بخير .

وبعد أن انتهينا من الطعام. ذهبنا لنغير ملابسنا وقضينا السهرة معًا في الحديث والمزاح .وكنا جميعا سعداء

فكم هو جميل شعور العائلة حقًا .

قلت لأبي : سوف نذهب إلى الفندق كي نستريح

قال : لا لن تذهبوا إلى مكان إن أردتم أن تخلدون إلى النوم اذهب أنت وأصدقائك إلى الطابق العلوي فهو مجهز خصيصًا لكم .

أما بالنسبة إلى الفتيات سوف يذهبن مع شقيقاتك إلى الطابق الآخر وأصر على ذلك

وأصررت على الرحيل حتى طلبوا مني أصدقائي البقاء .

قلت : حسنًا ذهبنا إلى غرفتنا في الطابق العلوي . وسرعان ما خلدنا إلى النوم فقد كنا حقًا مرهقين .

..

بعد أن استيقظت في الصباح ونظرت حولي لم أجد أصدقائي .

أصابني القلق وسرعان ما نزلت إلى الطابق السفلي باحثاً عنهم فقابلت أمي وسألتها أين ذهب الجميع قالت :

_ لقد استيقظوا في وقت باكر وراق لهم منظر الطبيعة الريفية فأخبرت شقيقك أن يأخذهم إلى نزهه . لعلهم قادمون لا تقلق فقد رحلوا من مدة

قلت : حسنًا .

وذهبت إلى غرفتي حتي أستحم وأبدل ملابسي وبعد ما انتهيت نزلت إلى أمي، تناولنا الطعام معا .واستأذنتها بأن أذهب لأتفقد المكان

قالت : أفعل ما شئت ما دمت ستكون قريب مني .

قبلت يديها ثم ذهبت إلى الجراج وركبت سيارتي وذهبت إلى نفس المكان الذي توقفت عنده أمس .

جلست منتظراً داخل السيارة على أمل أن أرى الفتاة التي قابلتها أمس فلم أجدها ظلت منتظر كثيراً فلم أراها أبداً

خرجت من السيارة واشعلت لفافة تبغ واستندت ظهري عليها، فإذا بها تأتي من جانبي وتأخذ من فمي لفافة التبغ والقت بها بعيداً .

قلت لها : هل مازلتي حَقا تكرهي المدخنين ؟

نظرت إليّ بغرابة ثم قالت : نعم . ولكن من أخبرك ذلك ؟

قلت لها : لا أدري ولكن اعتقدت ذلك .

_ لماذا تقتلون أنفسكم بهذه السموم. حقًا ما الجميل بها إلى هذه الدرجة ؟

قلت لها : الوفاء أجمل ما بها .

قالت: الوفاء ؛ كيف هذا ؟

قلت لها : أنها تحترق من أجلي وأنا أموت بسببها .

أليس هذا هو الوفاء الذي يفتقده البشر الآن .

قالت : العيب ليس بالبشر وإنما بإختياراتنا الخاطئة وقراراتها التي تكلفنا الكثير ، ثم اغرورقت عينها بالدموع .

قلت لها : ماذا بك ؟

قالت : لا شيء.. فقد تذكرت شيء حدث لي بالماضي ولكن لا بأس . لماذا أتيت إلى هنا ؟

_ لقد أخبرتني أمس إن أردت شيء أن أتي إليكِ.وها قد جئت .

قالت : حسنا يسرني وجودك حقًا .

كيف لي أن أساعدك ؟

قلت لها :لا أدري ولكن أتيت لأعرف كيف أتواصل معاكي إن أردت شيء .

قالت لا بأس أنه أمر سهل للغاية .

وأخذت هاتفي وادخلت رقم هاتفها وقالت : هذا رقمي الخاص إن أردت شيء هاتفني أو راسلني على ال وتس أب .

قلت لها : حسنا إن أردت أي شيء سوف أخبرك .

قالت : أنا في انتظارك .

والآن سوف أذهب لأنني قد تأخرت اليوم في العمل ويبدو أن عائلتي الآن قلقين علي

مدت يدها تصافحني وقالت : أدعي" أسماء ". قلت لها: تشرفت ومدت يدي أصافحها. .

صراع داخل رأسي بأن أقول لها إسمي أو لا

_ أريس أدعى أريس

قالت : تشرفت بك يا سيد أريس

ظلت ممسك بيدها وانظر لها في عينها طويلاً قالت : سوف أذهب

قلت لها :حسنا

قالت : أقصد يدي أم إنك ستظل متمسك بها هكذا .

أحرجتني حقًا . فاعتذرت لها وبررت ذلك بأنها تشبه صديقة لي .

قالت : لا بأس فقد وقعت في نفس الفخ أمس عندما قابلتك لوهله اعتقدت أنك شخص أعرفه جيداً .

قلت لها : لا بأس فقد يوجد الكثير يشبهون بعضهم

قالت: نعم .وذهبت

وأنا ركبت السيارة وجلست داخلها قليلاً ثم ذهبت وعندما وصلت إلى بيتي وكانوا جميعاً بإنتظاري . جلست معهم .وظلوا يتحدثوا بسعادة عما وجدوة عندما خرجوا. وبقيت أنا غارق في بحر من أفكاري يمتزج به شعور من السعادة .

سألني ستيفن في ماذا تفكر يا أريس ؟

قلت له : لا شيء يا ستيفن ... لا شيء .

قال : حسنا .

جاء أبي وقال لي حان الوقت لكي نذهب إلى الشركة.

قلت: حسنا هيا بنا .وخرجنا جميعاً ركبنا سياراتنا وخرجنا في موكب .

لطالما كنت دائماً أحلم بأن أراه .

لعشقي الدائم في إقتناء سيارة بعد ما أحقق مكانة خاصة بي وحدي وأكون حقا أستحقها ، فقد عزمت دوما أن أكون ناجحاً حتى أكسر عين الحاقدين المحبطين الذين لا طالما كانوا يسخرون مني لأنني أقل منهم مكانة أو هذا الذي كانوا يزعمون .

هيهات هيهات دعهم يعرفون من أنا الآن .

بعدما أصبحنا على الطريق ، ظلّنا نتحدث أنا وأبي حتى وصلنا إلى الشركة .

نزلنا من السيارات ودخلنا الشركة تفقدت أحوالها وقضينا وقت بها ليس بكثير ثم قال لي أبي والآن خذ اصدقائك وأذهب فأنت في إجازة .قلت له : لا بأس سوف نبقي قليلاً قال: لا أذهب وأنا سوف أنجز بعض الأعمال هنا ثم أذهب إلى المنزل

قلت له : كما تريد .

ذهبنا إلى الخارج ثم انطلقنا في رحلة يستكشف بها اصدقائي بعض المناطق الجميلة في مصر وكنت قد أبلغت ساندي بأن تأتي لتأخذ جيكوب إلى والدها لتخبره بأمر زواجها .

بعد أن انتهينا. ذهبنا إلى ساندي .

وسلمنا علي عائلتها ،وكان والدها مرحب بنا متقبل فكرة الزواج مبرراً ذلك بأنها ما دامت تري أنه مناسب لها .

حددنا موعد الزفاف وبدأنا نجهز إلى هذا اليوم .

كانت السعادة تغمرنا جميعاً.وسرعان ما انتهينا من التجهيزات فكان كل شيء جاهز تماماً قبل المعاد المحدد .

طلب مني جيكوب أن يأخذ ساندي في جولة وحدهم فهو تزوج علي الطريقة المصرية الريفية وكنت أشدد علية عدم رؤية العروسة .حتي يشتاق لها قليلاً .

وفقت بشرط أن يكون معهم شقيقي ووافق هو

ذهبوا هم في رحلتهم وبقينا نحن معا في بيتنا فقد أصبح الآن بيت العريس إلى فتره مؤقته فقط

سوف يتزوج جيكوب في منزلنا تحديداً في الطابق الثالث في منزلي حيث كان من المفترض أن أتزوج أنا به ولكن ماذا أفعل ؟

كان معه حق من قال :

"تبقي في ايدك وتقسم لغيرك" .

أثناء الإحتفالات بهذه المناسبة السعيدة وأنا أتفقد أفراد العائلة لم أجد أمي كما توقعت، فذهبت إلى غرفتها فوجدتها تبكي .ابتسمت وقلت لها :

_ أهذه دموع الفرح يا أمي أم أنك فقط عشقتي البكاء؟ حتي كاد بصرك أن يذهب كما ذهب بصر يعقوب علي فقد يوسف ..

قالت : لا يا بني أنها فقط دموع الحزن التي لم تفارقني منذ رحيلك عن البيت. وأنت تعلم أن كل أم تتمني أن ترى ابنها البكر متزوج. إني أريد الفرحة يا ولدي، أريد أن أري أطفالك يلهون و يلعبون وأحملهم قبل أن يتقدم بي العمر أكثر أو أفارق الحياة .

_ ششششش لا تقولي هذا يا أمي أرجوكِ أنا لا قيمة لي دونك

وضممتها إلى صدري فلم أشعر بنفسي إلا وقد انهمرت دموعي . ظلت أبكي حتي ضمتني هي ثم جعلتني أنام على فخذها وأخذت تتحسس رأسي ووجهي حتي أرتاح قلبي . ثم سرقنا الوقت ونحن نتحدث فتذكرني بشيء كنت أفعله وأنا صغير فاضحك وأنا أبكي حتي امتزجت دموعي مع ابتسامتي فصرت لا أعرف هل أنا أضحك أم أبكي

طرق الباب أحدهم

_ من الطارق ؟

قالت سارا. إنه أنا يا أريس .

_ أدخلي يا ساره

ابتسمت إلى أمي وقلت لها : إنها ليست ساره يا أمي اسمها سارا نظرت أمي لي بابتسامه ثم قالت : من أريس هذا.

قلت لها: أنهم اعتادوا أن ينادوني هكذا هناك ، ثم قلت لها : سوف أذهب

اشارت لي وهي تومئ برأسها موافقه .

خرجت إلى سارا وقلت لها : ألم أقل أن لا يناديني أحد بهذا الإسم هنا ؟

قالت سارة : أنا حقاً أعتذر لكن هناك إتصال لك .

_ من اين؟

قالت : لا أدري. أحدهم على الهاتف ينتظرك .

اخذت الهاتف وخرجت أتجول خارج البيت بعيداً عن الضجيج الصاخب ثم قلت له:

_ من المتحدث ؟

_ قال أريس أين أنت نحاول الوصل لك مذ مده

قلت له : أنا أنهي بعض الأشياء في مصر .

_ ومتي ستعود إلى أمريكا ؟

- بعد شهر واحد .

_ شهر أن هذا بعيد جداً يجب أن تكون في أمريكا خلال أسبوع واحد وإلا ...

- وإلا ماذا

_ سنفعل شيء سوف تندم عليه كثيراً

- أحقا انت تهددني ؟ همممم حسناً أنا لن أتي إلا بعد شهر وإن أتيت قبل إنتهاء الشهر لأي سبب كان سوف أجعل حياتكم تنقلب رأس علي عقب . واقفلت الخط ،

توجهت إلى البيت وكأن شيء لم يحدث بدلت ملابسي حتي أذهب إلى الخارج قليلاً

جاءتني سارا وقالت : من أين هذا الإتصال ؟

- أحد الأصدقاء القدامى

_ همممم وأين أنت ذاهب ؟

- لا أدري سوف أخرج أتجول قليلاً .

_ أهناك شيء تود إخباري به ؟

- لا أدري ولكن لا تقلقي لو حدث أي شيء سوف أخبرك .

قالت : حسنا لا تتأخر بالخارج فهناك شيء ما أريد أن أتحدث بهِ معك .

- أخبريني .

ـ ليس الآن . سوف أخبرك لاحقاً

- حسنا أنا خارج

ـ حسنا لتصاحبك السلامة

ابتسمت لها. ثم خرجت

أخرجت هاتفي حتي اتصل على شقيقي فإذا به قد أتي و جيكوب من رحلتهم السعيدة .سلمت وطمئنِت عليهم .ثم أخبرته إني سوف أتأخر قليلاً حتي لا يقلق أحد .

- جيكوب سوف تأتي معي .

ـ أمرك يا قائد .

نظرت له بإبتسامة يصاحبها قذة على أسناني .

- لسنا فالعمل يا صديقي .

قال حق : أعتذر أنا لم أعتاد على مناداتك هكذا ، هيا بنا الآن

نظرت له وأنا أومئ برأسي متفهما الأمر

ركبنا السيارة وانطلقنا .

- ما رأيك في بلدنا الريفي هذه يا جيكوب .

علي قدر ما تبدو أنها ليست جيدة حيث الطرق ليست بالمستوى الذي إعتدنا عليه على الرغم من أن سكانها طيبون حقاً إلا أنا الفضول يقتلهم لمعرفة ماذا تفعل أتدريي يا أريس؟ اليوم لم يراني أحد إلا وظل يحملق في حتي أصابني الهلع لوهله باني بي شيء ما

يراقبني الناس من أجله ثم أدركت بعدها إني شكلي يختلف عنكم قليلاً . لكنها   حقاً جميله ومريحة عن المدن من جانب الضجيج الصاخب الذي ينتج عن الحركة بها .

- أنتم أول أجانب يدخلون هذه البلد وبحكم أننا لا نملك شيء تراثي أو قيم يجذب السياح إلى بلدنا فأنتم موضع شك إلى أهالي القرية .

قال جيكوب : نحن موضع شك في ماذا يا أريس ؟ هل هناك احد هنا يعلم طبيعة عملنا ؟

قلت له : لا ولكن ظنون الناس سوف تتخيل ذلك ولكن بطريقة أخري .

مثلاً سوف يتخيلون أننا تجار مخدرات .أو سلاح .أو أعضاء بشريه .أو تجار آثار .

ابتسم جيكوب وقال : أحقا تفكيرهم سوف يكون هكذا ؟

قلت : نعم .

ضحك جيكوب ثم قال لي :لا تقلق   فأنا لا أعمل خارج نظامنا .

ضحكنا معا على ما قاله . وأخذنا الحديث إلى أن وصلنا إلى وجهتنا .

ترجلنا من السيارة إلى داخل الكافية .كنت اعتادت أن أجلس به عندما كنت في ريعان الشباب .

جاء العامل؛ تحب تشرب إيه يا زعيم

- قهوة فرنساوي زيادة.

العامل : كوبين يا باشا

- اه بسرعه من فضلك

العامل : حاجة تاني يا غالي

- متشكر يا ذوق

انصرف العامل، نظر لي جيكوب وقال : ما بك يا أريس هل هناك خطبا ما يشغل تفكيرك ؟

- لقد جاءني اتصال من أحد المعارف القديمة ،" **توماس البرتوا** "

_ وما الذي يجعلك قلق إلى هذه الدرجة ؟

- ما لا تعرفه عن توماس البرتوا. يا جيكوب .

هو أحد أكثر الرجال خطورة في العالم .ذكائه الحاد ،وخبرته في مختلف المجالات ،و أحلامه وطموحاته العجيبة ، خلقت منه هذا الشخص القوي العنيد الذي يطمح أن يستولي على العالم أجمع ليجعله خاضع تحت حكمه وسيطرته وحده .

على أتم استعداد أن يُمحي بلدان بأكملها إذا تطلب الأمر ذلك .

مقاتل فذ شرس لا يتمتع بروح الإنسانية لا يملك روح أساساً فقد سُلبت منه حينما كان صغيراً في عام ٢٠٢٢ حينما قرر الرئيس الروسي أن يعلن الحرب على أوكرانيا بعد أن استقالت بنفسها واعلنت أنها دولة منفصلة والتي كانت قديما جزء لا يتجزأ من روسيا .

الأمر كان أشبه بابن يعصي أباه بعد أن خرج عن طوعه.وكان واجباً علي الأب أن يعيد إبنه إليه مرة أخري وهذا ما فعلته روسيا. إلا أن أوكرانيا كانت لها رأي آخر .

علي عكس التوقعات التي ذهلت العالم وقتها ، شجاعة الجنود الأوكرانية وصمودهم أمام روسيا صدم الجميع .

"وانقلب السحر على الساحر "

فأصبحت أوكرانيا الآن من تحارب لأجل أن تضم روسيا لحكمها .

ظلت الحرب بينهم أربع سنوات متتالية .

خسائر وموتي لا حصر لهم من الطرفين .حتي أنتهي الأمر بانتصار أوكرانيا التي حاربت بطريقة بشعة جداً إسمها البعض "بحرب الإبادة" فقد اتبعت أوكرانيا هذا النظام مع

روسيا الإبادة الكاملة لكل ما تمر عليه الجنود الأوكرانية.حتي انتهى الأمر بهزيمة روسيا واحتلتها أوكرانيا .

في ذلك الوقت كان توماس طفل في العاشرة من عمرة ، ورأي كامل عائلته وهي تمحي أمام عينه بوحشية من الجنود الأوكرانية . لحسن الحظ أو لسوئه أنه قد نجي من هذا الدمار الذي لحق بمنزلهم وقتها ولم يلاحظ وجوده أحد من الجنود فقد كان تحت الأنقاض .

مات قلبه من وقتها وطغت القسوة على حياته بأكملها . إذا توعد ذلك اليوم بأن ينتقم من العالم أجمع لموت عائلته .

ومن وقتها إلى الآن وهو يفعل كل ما يستطيع حتي يوفي بوعده .

حينما انضممت إلى الجيش الأمريكي تعرفت عليه هناك كان القائد الأعلى للقوات الجوية وقتها

كان يرمقني بنظرات لا تروقني في البداية ثم بعد ذلك وجدته يتقرب مني لنكون صديقين واصبحنا مقربين للغاية ، ثم ذات يوم دعاني إلى بيته لنقضي اليوم معا .

استمتعت كثيراً وشرب هو كثيراً ذلك اليوم .ودار بيننا حديث كنت وقتها لم أشرب كثيراً فكنت على دراية بما يحدث .

أخبرني بكل صغيرة وكبيرة في حياته .

لم اكترث للأمر وقتها . ظننتها هلوسه أو شيء من هذا القبيل .

إلى أن تم فصلة بعدها بمدة لم تكن طويله بسبب الشروع في أعمال مشبوهة مع عصابات وجماعات خطيرة .

حينها تأكدت بأن كل ما قاله في ذلك اليوم لم يكن مجرد ترهات حقاً .

الغريب في الأمر يا جيكوب أنه لم يفعل شيء حتي الآن ولا مخاطرة واحدة من أجل أن يستولي علي بلدة أو يهددها يكتفي فقط بالأعمال الغير مشروعة التي لا طالما كان يعمل بها دائماً . وهذا الأمر يجعلني أفكر كثيراً في هذا الأمر .

أحقا هو قد نسي ما كان ينوي فعله ، أم أنه يجهز لشيء كبير؟ يطبخ علي نار هادئة .

_ أريس لما أنت قلق هكذا مهما يحدث نحن معا وسوف نتصدى لها بأي شكل كان .

وهل تظن أننا سوف نتركه ليهدم العالم علي رؤوسنا.

- الأمر ليس هكذا يا جيكوب ليس بهذه السهولة .

أن حدث سوف يكون هناك دمار شامل وأروح سوف تقطف كما يقطف البائع الورد من البستان ليبيعه .

_ أنا لا أستطيع أن أفقد أحد منكم .

- الأمر حقاً صعب يا جيكوب .

_ هون على نفسك يا أريس كل شيء له حل ، أخبرني الآن ماذا كان يريد منك .

- لم يخبرني وإنما أراد مني أن أرجع إلى أمريكا خلال يوم. وإلا سوف يفعل شيء ما لم يخبرني به ولكنه هددني هكذا .

نظري إلى جيكوب وقال لي : لا تقلق يا أخي. أنا هنا معك من أجلك وسوف نجد حلا ما، لا تحزن ولا تعير الموضوع انتباهك حتي لا يضايقك .

دعنا ننتهي من مراسم الزواج هذه وبعدها نقرر ماذا يحدث .

نظرته له بابتسامه وقلت له : مبارك عليك الزواج يا يعقوب .

رد هو بابتسامه .بارك الله فيك يا أحمد .

جلسنا بضع دقائق أخري ثم طلب جيكوب أن نذهب إلى البيت فقد تأخر الوقت وهو يريد أن يرتاح قليلاً .

قلت له : حسنا ، ذهبنا إلى السيارة وانطلقنا إلى البيت .

أثناء ما كنا في طريقنا إلى البيت لاحظت أن هناك سيارة تسير خلفي على مسافة معينه وكأنها تراقبني .

لم يشغل بالي الموضوع حينما خرجنا من البيت ، كان بالي مشغول وقتها .أم الآن فلا .

اسرعت قليلاً فتبعني .

أسرعت أكثر . بدأ يسرع هو ويقترب مني .

شكل السيارة لا يبشر بالخير

ترجم جيكوب الوضع فالحال وقال : استدرجه إلى مكان بعيد عن هذه المناطق السكنية . قلت له : أنا أعمل على ذلك .

رجع جيكوب إلى الكرسي الخلفي ليخرج الأسلحة ليكن مستعد . فإذا بعدد من السيارات ينخرط فجأة في السباق ليصبح عددهم كثير جداً .

أمرت السيارة أن توصلني بصوفي، فأجابت فالحال وكأنها كانت علي دراية بما سوف يحدث

طلبت منها أن تخرج باقي الفرقة من البيت دون أن يشعر بهم أحد. قالت : حسنا وارسلت لها موقعنا حتي تتبعنا ليكون سهل عليهم الوصول لنا .

أقفلت معها وأمرت جيكوب أن يخرج القناصة ليكون على إستعداد

فهذا ما كان ينقص الليلة الكئيبة هذه .

- اوصليني بساندي. .

درررن درررررن درررررررن

لا يوجد رد . حاول مرة أخري

درررن درررررن درررررررن

لا يوجد رد. قلت له : بإنفعال حاول حتي تتلقي أي رسالة أو رد .

_ أريس ..

- ماذا هناك يا جيكوب ؟

_ انظر إلى هذا .

قم بتشغيل الكاميرا الخلفية لسيارة ،وليتني لم أقل هذه الجملة .

إنه حقا لمنظر مرعب أن تكون علي بعد خطوات من موتك ويداك مكبلتان لا تدري ماذا تفعل .

بضع سيارات مصطفه على شكل هرم مدججين بالأسلحة مصوبه تجاهنا وكأنه موكب إعدام

في هذه اللحظة ولأول مرة في حياتي أكره الموت هكذا وأقدس حياتي وأتمنى أن يكون هذا حقاً تعالى مجرد حلم .

_ أريس ماذا هناك ؟.

- ساندي أين أنتِ ؟

_ أنا بالبيت يا أريس إلى أين سوف أذهب في هذا الوقت ؟؟!

- ألأنتِ بخير ؟

_ نعم أنا بخير .

- لما لم تجيبي على اتصالي كل هذه المدة ؟

_ أعتذر حقاً كنت نائمة .

- ليس هناك وقت للإعذار، أخرجي الآن من منزلكم أنتِ وعائلتك إلى أي مكان آمن في الحال .

_ الآن لماذا ؟ ماذا يحدث يا أريس ؟

- ليس هناك وقت يا ساندي من فضلك اسرعي ..

_ حسنا يا أريس .

واقفلت معها .

_ ماذا سوف نفعل يا أريس ؟!

_ معذرة .

- هل تسمحين لي أن أتحدث معكِ لبضع دقائق .

_ لماذا ؟. ماذا تريد ؟

- أنا حقا لا أجد ما أقوله ؛ ولكنني فقط أردت أن أتحدث معكِ فمجرد حديثي معكِ سوف يجعلني سعيد للغاية .

_ حقاً . هل لي أن أسألك سؤال ؟

- نعم تفضلِ . أسأل ما شئتِ .

_ لماذا تلحق بي أينما ذهبت وترمقني بنظرات وتظل تحملق في كثيراً بنظراتك التي لوهله ارعبتني ؟. هلّا اجبتني بصدق ؟

- حسنا .انتبهي إلى ما سوف أقوله يا" أسماء"

_ وتعرف إسمي أيضاً. وماذا تعرف بعد ؟

- لا صدقاً أنا لا أعرف غير اسمك وهذا يكفي .

دعيني أخبرك الإجابة عن سؤلك الآن .

لأني لا أعرف هل سوف تسمح لي فرصة لِأتحدث معكِ مرة أخري أم لا .

أنا حقاً لم أكن ذلك الطالب المجتهد الذي يسعي لتحقيق شيء جيد في حياته .

لم أكن بالي بشيء ولم اكترث لأمر أحد يوماً ،

أصدقائي كان لديهم حصة لمادة الرياضيات بعد اليوم الدراسي ، وكان من المفترض أننا سوف نقضي بعض الوقت معا ، وأنا سوف انتظرهم حتي ينفضوا من هذه الحصة ، فطلبوا مني ذلك اليوم أن أذهب معهم لحضور هذه الحصة حتي لا أمل من الجلوس وحدي .فوافقت لعل أستفاد من أي شيء .

ذهبت معهم والحمد لله إني قد ذهبت ذلك اليوم .

حينها رأيتكِ دونً عن كل الموجودين هناك يوم إذ، لم أري سواكِ ، حينما نظرت إليكِ والتقت عيني بعينكِ اخذتني قلبي وطار عقلي وتزاحم نبضي وأفكاري وشل تفكيري. من جمال تلك النظرة الساحرة ، كانت حقاً النظرة الأولي التي اوقعتني في شباككِ، لم أكن اكترث لأمر العشق والغرام هذا ، لأنه لم تروق لي أي فتاة إلى الآن ، لم أكن وقتها أهتم لهذا الامر، وعزمت وقتها أن أكون وحديً هكذا افضل بالنسبة لي .

لكن الأمر معكِ مختلف اقسم اني لم أكن أنوي الانخراط في مثل هذه العلاقات لا الآن ولا بعدها ، وعندما رأيتك أيقنت إنه يجب على إعادة النظر في هذا الأمر .

"لقد غيرت مسار حياتي لأجلكِ"

ولأول مرة في حياتي أرجع في قرار اتخذته وأنا راضياً رضا تام ،بسببكِ أنتِ ."وأقسم إني هنا الآن لأني أحببتكِ بكل صدق دون مقدمات ولا أنتظر مقابل لغرامي وإنما يكفيني أنني أخبرتكِ بمثل هذا الشيء " أتدري أنني مذ مدة أحاول أن أخبركِ بهذا الشيء ولكن لم أملك الشجاعة الكافية حتي أتجرأ لأقف أمامكِ واخبركِ بهذا الحديث حتي الآن اتخذت قرار أن أحدثك في هذا الأمر أكثر من مره وأرجع به ولم أكن أتوقع حقاً أنني حين أتحدث معك سوف أقول كل هذا الكلام وإنما كنت أتوقع أنني سوف أخبركِ إني مغرم بك وأذهب وينتهي الموضوع عند هذا الحد .

ولكن ماذا أفعل لعينيكِ هاتين حينما سألتني واردتي الإجابة عن سؤالك هذا لم أجد إلا أنني نظرت إلى عينكِ "أقسم أن بهما سحر ليستدرجا مني الكلام بهذه الطريقة "حينما تلتقي عيني بعينكِ أصبح كمثل شخص ثمل من فرط شرب الخمر مع أنني لم أثمل بعد ولكني أعتقد أنني" أول من يثمل دون شراب "

_ كفاك حديث يا هذا احرجتني !

بالمناسبة يروق لي شَعرك وعيناك هاتين أيضاً وجسدك المتناسق هذا .

قد سمعت أحد أصدقائك يناديك "أحمد" .اسمك جميل حقاً .

- تتدري كنت أظن أنها سوف تكون علاقة من طرف واحد ولكن الآن لا أظن ذلك .

ولن أتردد في أن أخبركِ الآن ما أريد ويحدث ما يحدث.

"أسماء" أنا مغرم بكِ وأتمنى لو أقضي ما بقي بعمري معكِ وحدك ولا أريد من الدنيا شيء آخر .

يا الله علي هذه الإبتسامة

"أقسم إني حياتي سوف تنقلب رأسا على عقب لو فارقتها هذه الإبتسامة "

..

_ أريس .أريس أريبيس .

- هه ماذا حدث يا جيكوب

_ في ماذا كنت شارد ؟

- لا شيء .ماذا كنت تقول أنت ؟

_ كنت أسألك ماذا سوف نفعل الآن ؟

- لا أدري ... ادعوا الله أن يخرجنا من هذه المحنة علي خير .... جيكوب لقد تذكرت شيء .

_ أرجوك قل أنك سوف تخرجنا منها .

- سوف نخاطر على أمل أن ذلك سينجح ،انصت إلى .

على بعد خمسمائة متر من هنا في هذا الطريق يوجد مدخل لطريق المعاكس .

كل ما علينا فعله الآن هو العبور منها وغلقه. ثم نسير في الطريق المعاكس هذا على بعد ميل واحد هناك تحويلة إلى الجانب الآخر من المدينة .

_ حسنا اخبرني كيف نغلق هذا المدخل .

- لا يوجد حل آخر غير سيارة النقل الثقيل هذه ، ما عليك سوي ثقب الإطارات حتي تتوقف

_ حسنا يا أريس. فقط أخبرني متي ؟

قال لي: عند ثلاثة   اثنان ولم يقل واحد حتي بدأ الموكب بالإعدام حقا وقتها كنا قد عبرنا الطريق ولم أطلق رصاصة واحده فقد تكفلوا بالأمر حتي انقلبت السيارة وقطعت عليهم الطريق بفعلهم .

انطلقنا مسرعين حتي اختفينا من أمامهم وذهبنا الي مكان آمن قليلاً وبعد دقائق وصل باقي الفرقة.

رن هاتفي .

_ أريس أنها ساندي ماذا أخبرها .

- ضعها علي مكبر الصوت

_ جيكوب ماذا يحدث ؟

- أين أنت الآن يا ساندي ؟

_ أنا في أحد الفنادق القريبة من منزلي .

- هل المكان أمن ؟

_ نعم يا أريس .

- حسنا ارسلت لك احداثيات موقعنا . اسرعي قدر المستطاع .

_ حسنا يا أريس .

من هؤلاء يا أريس

- لا أدري من ولكن سوف نعرف الآن .

_ كيف هذا ؟

- سوف نتعقبهم .

_ نتعقبهم ..! ولكن كيف نتعقبهم ولا نتلقى حتى إتصال واحد منهم نتبعه ؟

- جيكوب كفاك من كل هذه الأسئلة، في الكرسي الخلفي للسيارة كمبيوتر محمول ، أحضره وخذ هذا القرص الصلب ستجد عليه ملف قم بفتحة سيدخلك على احداثيات موقعهم وسوف أخبرك بكل شيء لاحقاً .

اخذت منه القرص واحضرت الجهاز وقمت بتحديد الموقع .

وصلت ساندي وارتمت بحضني ، ماذا حدث يا عزيزي . قلت لها ما يحدث دائماً يا قرة عيني

- دعاكما من المشاعر هذه الآن ،ماذا وجدت يا جيكوب ؟

_ لقد تم تحديد موقعهم أنه في مكان يبعد عننا بضع مربعات سكنية .

- إما أن هذه نقطة التقاء أو وقرهم أو أنهم يبحثون عنا .

_ ما رأيك أن نذهب ونكتشف ماذا يحدث ؟

- لا لا لن نذهب إلى أي مكان الآن لا أريد أن يصيبكم مكروه فلم يتبقى الكثير علي حفل الزفاف الخاص بكم .

الآن كل ما عليك فعله هو حفظ موقعهم الحالي ، لكي نعرف ما إذا تحرك أحد منهما ام لا

- "صوفي" مهمتك في الساعات القادمة هو متابعة تحركاتهم بواسطة عين الإله.

أريد تقرير كامل عن كل تحركاتهم والأماكن التي سوف يتوقفون بها بالترتيب .

بالإضافة إلي أنك التي ستتولى حمايتنا أثناء تأدية مراسم الزواج غداً .

- سارا . هناك حقيبة في السيارة احضريها .

كنت أعمل على جهاز جديد لتعقب وقد تم الإنتهاء منه .وهو شيء كمثل الفيروس ولكنه يشبه لكرات الدم عندما يختلط بها تكون كل قطرة دم في جسدك عباره عن جهاز تعقب .

ثم أخرجت الجهاز الخاص بالحقن لهذا الفيروس .

واخبرت جيكوب بتفعيل بينات كل شخص منا بملف التتبع الخاص به حتي نتمكن من معرفة وجود أماكن بعضنا أن حدث شيء أو أحاط بنا أو وقع أحد منا بيد أعدائنا .

- دعوني أخبركم عن شيء آخر. هل يعرف أحدكم لغة الإسبيرانتو؟

قالوا : لا لم نسمع بها من قبل .

- هي لغة قديمة أراد شخص ما أن يجمع العالم كله تحت لغة واحدة رسميه بجانب لغته الأصلية حتى تتمكن كل الشعوب من مخاطبة بعضهم البعض. لذلك قرر زامنهوف أن يفعل ذلك.

لم تكن الإسبيرانتو معادلة لإحدى اللغات الأوروبية الرئيسية بل هي تغيير معجمي Relexification لاتيني من اليديشية، وبالتالي هي قريبة بشكل نسبي للغة السلافية، ووثيقة الصلة بالعبرية الحديثة، وتغيير معجمي عبراني من اليديشية على حد سواء. وضع لودفيغ أليعزر زامنهوف الإسبيرانتو في أواخر عام ١٨٧٠ وبدايات عام ١٨٨٠. بعد ما يقارب العشرة سنوات من التطوير، حيث زامنهوف يترجم الأدب إلى اللغة ويكتب أدب أولي في اللغة، طبع زامنهوف أول كتاب نحو الإسبيرانتو في وارسو يوليو ١٨٨٧. عدد المتحدثين ازداد بسرعة في العقود التالية، في البداية في الإمبراطورية الروسية وأوروبا الشرقية، ثم أوروبا الغربية والأمريكية والصين واليابان. في السنوات الأولى كان متحدثو اللغة يتواصلون عن طريق الرسائل، لكن كان أول مؤتمر لمتحدثين اللغة عقد سنة ١٩٠٥ في بولوني سور مير في فرنسا. منذ ذلك الوقت، عقد المؤتمر السنوي في كل الخمس قارات، ما عدا خلال

الحربين العالميتين. وعدد المشاركين في المؤتمر السنوي عادة بين الـ٢٠٠٠ شخص و الـ٣٠٠٠، لكنه قد يصل إلى ٦٠٠٠ شخص.

الإسبيرانتو ليست لغة رسمية في أية دولة، لكنها تدرّس في بعض الدول. في بداية القرن العشرين، كان هناك خطة بأن تكون مورستن الحيادية أول دولة تستخدم الإسبيرانتو كلغة رسمية في العالم، وكان هناك دويلة صغيرة على جزيرة اصطناعية مسماه بـجزيرة روز استخدمت الإسبيرانتو كلغة رسمية سنة ١٩٦٨. في الصين، كان هناك كلام بين بعض الفرق السياسية بعد ثورة شينهاي بتغيير اللغة الرسمية إلى الإسبيرانتو، لكن هذا لم يحدث.

الإسبيرانتو هي لغة عملية لدى بعض المؤسسات الدولية مثل مؤسسة اللاوطنية الدولية، لكن الأغلبية من المؤسسات مؤسسات مخصصة لمتحدثين اللغة، وأشهرها المنظمة العالمية للإسبيرانتو، التي لها علاقات استشارية مع الأمم المتحدة واليونيسكو. ديانة الأوموتو تحبذ استخدام الإسبيرانتو بين ممارسيها. وكذلك الديانة البهائية تشجع استخدام اللغة كلغة دولية إضافية

على الرغم من الجهود التي تبذلها المنظمة العالمية للإسبيرانتو، عبر مجلسها للعالم العربي، لنشر الإسبيرانتو في العالم العربي، وذلك عن طريق عقد المؤتمرات وإرسال مواد تعليمة مجانية للراغبين بتعلم الإسبيرانتو إلا أن عدد الناطقين بها ومتعلميها في العالم العربي ما زال محدودًا. لا يكاد عدد متحدثي اللغة في الدول العربية مجتمعة يتجاوز بضع عشرات، أما عدد المتعلمين فقد يصل إلى بضع مئات. ووفقًا لموقع ليرنو! وهو الموقع الأوسع انتشارًا لتعليم الإسبيرانتو فإن عدد مستخدمي الموقع بنسخته العربية هو حوالي ٣١٥ متعلم. في نيسان ٢٠٠٨ عقدت في العاصمة الأردنية عمان أعمال مؤتمر الشرق الأوسط الأول للإسبيرانتو بحضور حوالي خمسين ناطق باللغة كان معظمهم من دول أوروبية ومن إسرائيل بالإضافة إلى عدد قليل جدًا من العرب. وقد شاركت في المؤتمر بعض الشخصيات المعروفة كريناتو كورسيتي الرئيس السابق للمنظمة العالمية للإسبيرانتو وكذلك الرسام الإسرائيلي جوناثان كيس-ليف..

كلمة إسبيرانتو تعني "الأمل"؛ تعبيراً عن آمال زامنهوف لتحقيق السلام العالمي من خلال وحدة اللغة.

مركبة من خمس لغات ذات أصول جرمانية وسلافية، وهي: الإنكليزية، الألمانية، الروسية، السويدية والبولندية.

الإسبيرانتو لغة دولية لا تنتمي لأمة أو لشعب واحد.وتعتبر اللغة المركبة الأكثر استخداما في العالم.

تتألف من ١٦ قاعدة نحوية فقط.

أضيفت لغة الإسبيرانتو على قاموس Google Translate في عام ٢٠١٢.

بطاقة تعريف عن لغة الإسبيرانتو

عدد المتحدثين حول العالم آنذاك: ٢،٠٠٠،٠٠٠ متحدث بلغة الإسبيرانتو. عدد المتحدثين الأصليين:٢،٠٠٠ متحدث و يشكلون ١٪ من مجتمع الإسبيرانتو حول العالم.

عدد الكلمات: ٢،٥٠٠ كلمة رسمية.

طريقة الكتابة: لاتينية.

عدد الأحرف الأبجدية: ٢٨ حرف.

الدول التي يتواجد فيها متحدثي الإسبيرانتو: في إحدى عشر دولة من مختلف القارات؛ المملكة المتحدة، الولايات المتحدة، بلجيكا، فرنسا، إيطاليا، ألمانيا، الأرجنتين، البرازيل، بولندا، الصين واليابان.

هذه الإحصائيات كانت في عام ٢٠٢٢ بعد انتهاء الحرب بين روسيا و أوكرانيا تراجع عدد المتحدثين و أُهملت اللغة حتي عام ٢٠٣٠ حتي أصبحت منعدمة تمام لم يعد لها ظهور .

- المطلوب منا الآن أن نتعلم قواعد وأصول هذه اللغة لأنها سوف تكون اللغة الرسمية لنا حتي نستطيع أن نتحدث أمام أي أحد دون أن يفهم أو يدرك ماذا نقول .

وهذا ما نريد معرفته الليلة .

- جيكوب ، ساندي غداً سوف يكون يومكم ، استعدوا لحياتكم القادمة .

أتمني أن تعم السعادة أرجاء حياتكم .

لنذهب إلى البيت يا رفاق

- سارا ،بيتر ، ديفيد، رافقوا ساندي إلى بيتها ، سنوافيكم غداً .

لتصاحبكم السلامة .

****

- الحياه لم تكن أبداً عادلة يا ماركوس ، أن تكون وحدك في هذا العالم دون عائلتك التي قتلت أمام عينك بدم بارد فأين العدل في مثل هذا يا رجل .

- أقسم أنني سوف انتقم من العالم أجمع ، سوف أجعله يركع أمامي عاجز بائس أمام متمرد جائع لسنوات طويلة لم يذق فيها طعم الدماء .

_ "كل امرئ يصنع قدرة بنفسه" يا توماس .

كل مُر قد مَر يا صديقي دعنا ننسي كل ما حدث لنبدأ بصفحات جديدة ليس بها دماء ولا دمار ولا انتقام ولا أي شيء من هذا القبيل ، إن افكارك هذه لن ننال منها سوي انتهاء العالم غارقاً في بحر من الدماء .

ولا ننسي أمر صديقك المصري الذي لا طالما سوف يكون عقبة لنا .

- لا أظن ذلك يا مركوس ، لقد توليت أمره مسبقا وجعلته هو من يقدم العون .

_ كيف هذا ؟!

- على مهلك يا صديقي سوف تعرف كل شيء في وقته .

****

هي بنا جميعاً لم يتبقى الكثير على الزفاف ليجهز كل منكم نفسه في أقل وقت ممكن حتي لا نتأخر على ساندي وأهلها لعلهم منتظرين موكب زفاف العريس .

وما هي إلا دقائق وكان الجميع جاهز

انطلقنا لجلب العروس وذهبنا إلى القاعة وبدانا في الإحتفال. أثناء ما كان الجميع يحتفلون في سعادة وبالأخص أصدقائي لأنهم للمرة الأولى يحضرون كمثل هذه مناسبة في مصر فكان الأمر اليهم أغرب من الخيال .

لم أبالي بما يفعلون وأردت تدخين سيجارة فذهبت إلى مكان هادئ بعيد عن صخب الإحتفال وجلست علي طاولة أخرجت السجائر واشعلت واحدة وجلست أفكر في ما حدث ليلة أمس .

كنت قد تحدثت مع سارا واخبرتني إلى أن السيارة التي نتتبعها قد تحركت من مكانها واستقرت في مدينة مطروح .

لا أعلم من المتسبب فيما حدث أمس ولكن الآن أصبح الأمر أسهل في معرفة من فعل هذا. وظلت شارد كثيراً في التفكير حتى حرقت لهيب السيجارة أصابعي وكأنني كنت في حلم وصحيت منه ، فوجدت أسماء أمام الطاولة تنظر إلي وكأنها تفحصني .

- منذ متى وانتِ تجلسين هنا ؟

_ منذ أن أشعلت تلك السيجارة ما استغربه انها قد انتهت وانت لم تضعها في فمك مرة واحده لماذا اشعلتها من البداية ؟ ولماذا تدخن هذه السموم أصلاً ؟

- لقد كنت في حاجة إلي أن اشعل واحدة واخذني التفكير في بعض الأشياء ونسيتها تماماً .

اخرجت واحدة أخري وقلت لها هل تمانعين في أن أشعلها؟

_ لو احد اخر أو مكان آخر كنت أوقفته عن اشعالها ، لكنك شخص من خارج البلاد إذا أنت ضيفنا وعندنا نحن نترك الضيف علي راحتة وأيضاً أنا من أتيت لأجلس معك على طاولتك فلك الحق في فعل أي شيء تريده لكن إن كنت تنوي الاستقرار هنا في مصر لا تعتاد علي أن تشعل مثل هذه الأشياء أمامي .

- حسنا يا صديقتي .

_ منذ متي وأنت تعرف ساندي ؟

- منذ أن سافرت إلى أمريكا .

ظلت تفكر كثيراً .

_ هل لديك أصدقاء غيرها هنا ؟

- لماذا ؟

_ أعتذر في الأمر الذي يشغل تفكيري أن منزل ساندي بعيد عن المنطقة التي قابلتك بها حينما التقينا أول مره ولا أعتقد أنك ضللت الطريق لأنك بعدما ذهبت انت وأصدقائك سرت في طريقك محدد وجهتك وكأنك من سكان هذه البلدة .

- نعم لي صديق هنا ، لكنه لم يأتي معنا من أمريكا وإنما كان شقيقه في انتظارنا .

_ حسنا لماذا أتيت إلى بعدها طالبا مني طريقة تواصل في حال إذا احتجت شيء وأنت هنا مادام لك معارف أخري .

- اعتذر أن ضايقك الأمر . أنت قد عرضتي علي المساعدة وأنا قبلت على الرغم من أن لدي معارف ولكن هناك سبب .

_ وما هو إذا ؟

- أنا أعرف ساندي ولكنها كانت مشغولة في تحضيرات الزفاف الخاص بها .

أما بالنسبة إلى شقيق صديقي ، فإن ساندي سوف تتزوج من يعقوب صديقي وهو أيضاً ليس بمصري وقد أصر صديقنا علي أن يتزوج في منزلهم الخاص بهم فأصبحوا الآن هم أيضاً مشغولين بتحضيرات الزفاف ، لذلك لم أكن أنوي أن اشغلهم بشيء آخر .

_ حسنا لا بأس أنها لوجهة نظر تحترم .

ما اسم صديقك هذا ؟لعلي أعرفه

- إنه...

_ هل تعرفون بعضكم ؟

- نعم يا ساندي إننا نعرف بعضنا منذ أن وصلنا إلى هنا من أمريكا عن طريق الصدفة.

أليس كذلك يا أسماء ؟

- نعم يا أريس .

حينما التقيت أول مرة به اعتقدت أنه أحمد لكنه قال لي: أن اسمه أريس وهو ليس من مصر، وقد فاجأني بحضوره الان لحفل زفافك هذا وقد علمت مؤخرا أنه صديق عملك في أمريكا .

نظرت إلى ساندي وأعلم أنها قد علمت أن هناك شيء ما .

أن لم تكن عرفت الحقيقة وأن هذه هي الفتاة نفسها التي كنت أحبها في الماضي .

أخبرتها دون أن أتكلم أن تدع الموقف يمر علي ما قد نشاء عليه وسوف أخبرها بكل شيء لاحقاً.

فقالت استمتعا بوقتكم الآن وأنا سوف أذهب إلى زوجي ثم ابتسمت وهيا تقول ، عقبال ما نفرح بكما. ثم ذهبت إلى وسط الإحتفالات لتكمل فرحتها .

أشعلت لفافة تبغ بعد أن جلست وأنا أخرج زفيرا قوي ؟

_ لماذا أنت متوتر هكذا ؟

- أعتذر منكِ ولكن لم أعتاد علي ترك العمل لذلك بالي مشغول قليلاً .

_ لا بأس. أحياناً جميعنا يحدث معنا مثل هذا الشيء. هل يمكنني أن أسألك عن شيء ما ؟

- تفضلي .

_ حينما أتيت لمقابلتي بعد أول لقاء لنا أخبرتني أنني أشبه أحداً تعرفه هل هيا زوجتك ؟

- لا أنك لا تشبهي زوجتي لأنني لست متزوج وإنما

كانت صديقة مقربه ثم قد وقعنا في غرام بعضنا وبقينا سنة وسبعة أشهر وثمانية عشر يوماً مع بعضنا افنيناهم في عشق بعضنا حد الجنون ثم افترقنا ..

_ لماذا ؟!!

- لا أعلم هيا من طلبت ذلك .

_ وماذا فعلت حينها ؟

- طلبت منها عدم الرحيل فأنا لا أستطيع العيش بدونها وأصرت هيا على طلبها .

_ كيف تجاوزت الأمر ؟

- لم اتجاوزه إلى الآن لا تزال تطاردني الذكريات ، إنها حقاً أقوي سلاح مدمر في العالم وابشع طرق التعذيب ، أن تجعلي أحدهم يموت من مطاردة ذكرياته له .

_ ماذا لو عادت ذات يوم نادمة على ما بدر منها ؟

- لو كنتِ مكانِ ماذا تفعلين ؟

_ هذا يعتمد على مقدار حبكَ لها فإن كان حبك أكبر من جرحها فلن تتردد لحظه في قبولها ،وإن كان الجرح اكبر فصدقني لن تطيق النظر إلي وجهها .

- اذا وماذا عنكِ مع صديقك الذي تبحثين عنه هذا ؟

_ أحمد ؟ الأمر مختلف بيننا كثير ليس كمثل باقي العلاقات التي نعرفها .

التعامل بيننا كان دائماً كمثل والد وابنته ، الحب بيننا وصل أعلي مراحل ذروته بل تحول إلى عشق ابدي .

- اذا وهذا ما يجعلكِ مطمئنة بأنك إذا قابلته واعتذرتِ له على كل ما حدث سوف يتقبل الأمر وينسي ما عاشه وما مر به وحده دونك والأمر الأهم إنه عاشه ومر به فقط بسببك ؟

إنكِ لستي علي صواب .

مصيبتكِ أكبر من أي مصيبة قد رأيتها مسبقا .

في مثل هذه العلاقات يا صديقتي ، كلما كانت العلاقة بينكما أكبر كلما كان حتي أصغر الجراح وأقلها يكاد يقتل من جُرِحَ به ، في علاقتكم هذه هو وصل معكِ حد الأمان جعلك خلفه و سلمك ظهره المكشوف في المعركة ليحميكِ ولكن الطعنة الوحيدة التي أصابته جاءته من المكان الوحيد الذي لم يكن يتخيل يوم أنها سوف تأتي منه ، ثم تقولين لي إنكِ اذا قلتي له أنا أعتذر عن كل ما حدث ، هو سوف ينسي الأمر بكل هذه البساطة ، لا والله ليس الأمر كما تعتقدين ، أعيدي النظر في هذا الأمر وسوف تدركين إنك مخطئة تماماً فيما تعتقدين .

نظرت له في عينيه طويلاً وأنا أحدث نفسي الأمر صعب جداً إلى هذه الدرجة وأنا الذي كنت أعتقد أنه سوف يكون أسهل، لم أتوقع أنه سوف يكون هناك عقبات كثيرة فيه إلى هذه الدرجة.

- أعتذر منكِ دقيقة واحده سوف أذهب لأحضر شيء وأعود سريعاً .

_ حسنا .

- سارا اعطيني هذا الجهاز من فضلك .

_ تفضل .

شكر لك ، هل تودين شرب شيء ما ؟

نعم أريد قهوة .

انظري إلى هذا الرجل

ماذا به ؟

- منذ أن اتينا وهو يرمقني بنظرات غريبة .

- ان شكلنا مختلف قليلاً لذلك الكل هنا يرمقنا بنفس النظرات لست وحدك يا أحمد

.

- أتمني أن يكون الأمر هكذا فقط أنا حقاً أشعر بالقلق وهذا لا يبشر خير .

- لا عليك أننا معا .

ابتسمت لها وأنا أقول ادامكم الله دائماً معي .

- حسنا لنذهب إذا .

ـ إلي أين ؟

- إلي أخي .

ـ أنا هنا ماذا تريد ؟

- أريدك أن تجلب إلى كوبان من القهوة وكوب نسكافيه بدون سكر وحليب ،
وأعطهم الي سارا .

- سارا حينما تأتي لا تلفظي اسم أحمد هذا أنا في انتظارك عند هذه الطاولة .

ـ حسنا ..

- أعتذر منكِ عن التأخر .

ـ لا بأس ،لم تتأخر كثيراً .

- نعم أعلم ذلك ولكني سوف أخذ بضع دقائق أخري إلي أن تأتي سارا .

ـ من سارا ؟

- سوف تعرفين من هي حينما تأتي .

_ حسنا . ماذا ستفعل الآن ؟

- سوف أتابع بعض الأعمال من خلال هذا الجهاز .

_ امممم. حسنا وما هيا طبيعة عملك أصلاً ؟

- تودين حقا معرفة طبيعة عملي ؟

_ أجل .

- حسنا لكي هذا .

كنت في السابق جندي مرتزقة أخوض الحروب من أجل المال، خلال فترة قيامي بهذا العمل تعرفت إلى أصدقائي هؤلاء ، تجمعنا معا واصبحنا فريق عمليات خاصة مرتزقه مجهولين نقوم بتنفيذ بعض العمليات من أجل أفراد الجيش أو رجال الشرطة من أجل المال، لا ننتمي إلى بلد بعينه ولكن في الفترة الأخيرة كنا نقوم بكثير من المهمات للولايات المتحدة الأمريكية ، ثم بعد ذلك أنشأنا مقر سري خاص بنا واصبحنا قوة خاصة لا ننتمي إلى أحد ولا نقوم بمهمات من أجل أحد أصبح سجلنا نظيفاً الآن .

_ وبم أنك لم تعد تعمل ! ماذا تفعل الآن ؟

- حينما أتينا إلى مصر هناك من حاول قتلي

_ أحقا حدث ؟ وهل عرفت من قام بذلك ؟

- نعم .

_ أريس ؟

- نعم اه سارا تفضلي ، اعطني هذه من فضلك .

هذه أسماء أنه الفتاة التي قابلنها عندما اتينا الي هنا ، أسماء هذه سارا غابريال أحد أعضاء الفرقة أقصد أحد أفراد العائلة فنحن أصبحنا أكثر من مجرد أصدقاء وأكثر من مجرد فرقة عمليات سرية.

تفضلي أنتِ قهوتك ،ماذا احضرتِ لصديقتنا ،

_ نسكافية بدون سكر وحليب .

كم أنتِ عنيدة فقط من أجل أنك تفضلينه هكذا

تريدين من الجميع أن يكون مثلك .

- أعتذر منكِ ، لتأخذي قهوتي مكانها .

_ لا بأس . سوف أخذ هذا أنه مشروبي المفضل .

- حقا . يا لها من صدفة .

_ نعم أنها صدفة غريبة نوعاً ما .

- حسنا كنت تسألي عن شيء ما ، فما هو ؟

_ هل عرفت من قام بمحاولة قتلك ؟

- نعم . إنه أبو جميل غازي .

من أخطر تجار الأسلحة في العالم إرهابي وغد يقوم بكل ما يفعله تحت مسمي الدين .

_ وماذا يريد منك ؟

- تتذكرين يا سارا الطائرة التي استولينا عليها في أخر المهمات التي قمنا بها ؟

_ اتقصد طائرة نقل البضائع تلك ؟

- نعم .

- لا تقل لي أن ما وجدناه داخلها كان له .

- نعم نعم كل ما بداخلها كان له وكان وراء إرسالها له توماس البرتوا ، ويبدوا أنهما كانا يخططان لشيء كبير .

_ ماذا كان داخل تلك الطائرة ؟

- أسلحة وذخيرة وطائرات حربية ومدرعات ودبابات وسيارات مصفحة تكفي لتسليح جيش بأكمله.

_ كل هذا داخل طائرة ؟

- أنها لم تكن مجرد طائرة .

أنها أضخم طائرة نقل بضائع قد صنعة في العالم تابعة لأحد شركات الشحن العالمية والتي يترأسها توماس هذا واستخدم نفوذه في بعد الأنظار عما تنقله والي اين تنقله وكان لا احد يراها .

_ وماذا فعلتم بها ؟

- نحن أيضا لدينا نفوذ مثله وقد اخذناها بالقوة وأصبحت تخصنا الان هي وكل ما بداخلها

_ لهذا أرادوا قتلك ؟

- نعم .

_ وأين هي الآن وماذا ستفعلون بها ؟ إنه من السهل جداً العثور عليها .

- حينما استولينا عليها قمنا بفصل كل أجهزة التعقب الموجودة بها بفضل أجهزة التشويش التي قمنا بصنعها مؤخراً .

- أما بالنسبة لمسألة وجودها فقد قمنا بإخفائها تماماً بأحدث أجهزة تخفي مطورة حيث تقوم بدورها جعل السطح شفاف بدرجة تمكن من يقف أمامه يري كل شيء بوضوح تام دون أن تترك أثراً لشك بان هناك شيء غير منطقي .

وافرغنا محتوياتها داخل ال ASE 1,2 المقران الخاصين بنا .

أما الذي سنفعله بها لا أعلم ولكن أعتقد أننا سوف نحتاج إليها يوماً ما .

_ أريس ، لقد تحركت السيارات

- إلى أين تتجه ؟

- لا أعلم ولكنهم حتما قادمين إلى هنا .

- لا تقلقي فلديهم لا يقل عن خمس ساعات للوصول إلى هنا .

هيا بنا لننهي الحفل ونذهب إلى البيت دون أن يشعر أحد بأن هناك شيء ما .

_ حسنا أريس.

- أسماء أبقي معي سوف اوصلك بسيارتي .

_ لا بأس أنا أعرف الطريق ،سوف أذهب وحدي .

- لا لقد تأخر الوقت ولن أسمح بهذا فالطريق طويل إلى البيت وقد يكون محفوفا بالمخاطر

_ حسنا كما تريد .

انهينا الحفل وكنا سعداء جميعا واتجه كل من كان في الحفل إلى منزله .

ذهبنا لنركب السيارة وأنا أفكر بطريقة ما تساعدني حتى أحقن أسماء برقاقات التعقب دون أن تعلم ولم أجد حتى وجدتها تأتي مسرعة تجاهي وهيا تصرخ احترس !.

فالتفت إلى الخلف ، فإذا بشخص يأتي مسرعا وبيده خنجر يريد أن يطعنني به وهم بذلك مصوبة أسفل صدري فاذا بأسماء تمسك نصل الخنجر بقبضتها قبل أن يخترق جسدي .

امسكته من معصمه وضربته بقبضتي في كتفهِ فافلت الخنجر ، ثم تلقي مني عدة ضربات متتالية حتى فقد الوعي .

ذهبت مسرعا حتى اطمأن على صديقتي فوجد يدها تنزف كثيراً حتى فقدت كمية كبيرة من الدم فقد قطع أوتار إصبعين من أصابعها .

ضمدت جرحها جيداً وعطيتها بعض المسكنات والمهدئات فوجدت سارا وباقي الفريق جاءوا مسرعين ليطمئنوا على سلامتي فقد حدث معهم مثلما حدث معي وقد أصيب أرثر بجرح في كتفه

فطلبت منهم أن يأخذوا كل من هاجمنا مقيدين معهم ويذهبوا إلى البيت ويطمئنوا على جيكوب وساندي وبعدها سوف أخبرهم بما عليهم فعله

واخذت أرثر وأسماء معي في السيارة وذهبت مسرعاً إلى صديق لي يعمل في مشفي خاصة

وبعد دقائق قليلة مرت وجدت أسماء قد فقدت الوعي ، أخبرت أرثر أن يحقنها بمصل التعقب فقد لا تتيح الفرصة أن نفعل ذلك أكثر أماناً من هذه .

ثم وصلنا إلى صديقي سلمت عليه وأخبرته بم حدث معنا ازدادت حالة أسماء سوء فقد نزفت كثيراً .

ذهب مسرعاً إلي غرفة الطوارئ وأمر أحدي الممرضات أن تهتم بصديقي أرثر وذهب الباقي معه لمعالجة أسماء قبل أن تزداد الحالة سوء .

بينما خرجت للتحدث مع الفريق واخبرتهم أن يبقوا في البيت بجانب عائلتي و جيكوب وساندي

وسوف أرسل. اليهم أحد بسيارة ليأخذ أصدقائنا الجدد منهم حتي لا يعلم أحد بما حدث

وبعد مدة خرج لي صديقي وأخبرني أنهم بحاجة إلى الدم .

ولحسن الحظ أن فصيلة دمي o- كما كانت أسماء ، كنت أعرف هذا الأمر منذ أن كنا مغرمين ببعضنا في الماضي .

فذهبت معه وتم الأمر .

استعادت وعيها ونظرت إلي .

- هل أنت بخير ؟

_ نعم أنا بخير .

- أنا لا أعرف حقاً كيف أشكرك على ما فعلته .

- وأعتذر على ما أصابك .

_ لا بأس يا صديقي لم أفعل غير ما تحتم على فعله ، ولو كنت في مكاني كنت ستفعل المثل

- حقا كنت سأفعل .

والآن سوف ادعكي لتنالي قسطاً من الراحة إلي أن أحضر شيء نأكله. ولو أمكن أن تخبري عائلتك إنك سوف تبقين مع ساندي الليلة وتذهبين إليهم غداً حتي لا يصيبهم القلق .حسنا سوف أخبرهم .

ذهبت اطمأن على أرثر .

رن هاتفي .

أجبت فالحال وتحدثت لدقيقة معه ثم أنهيت الحديث معه

- أرثر أرتدي ملابسك فإننا على وشك الذهاب .

وخرجت إلى الغرفة المجاورة في المشفى حيث توجد أسماء تحدثنا قليلاً ثم أخبرتها بأن تجهز هي أيضاً حتي نذهب .

_ إلى أين سوف نذهب الآن يا أريس ؟

- إلى المكان حيث ستجدين إجابة عن كل ما يدور بذهنك .

وخرجت أتحدث مع صديقي وأشكره على مساعدته ثم خرجنا إلى السيارة واتجهت إلى الوقر الخاص بنا حيث من المفترض أن يكون قد وصل "عامر" وأحضر الطرد معه .

وبعد أن وصلنا لم يكن صديقي قد وصل بعد

ظلت منتظراً حتي يأتي ولكنه تأخر، ثم رن هاتفي . فأجبت في الحال

كان الصوت ضعيف يخرج منه كان روحه تخرج مع صوته .

- عامر ماذا حدث يا صديقي ؟

_ لقد أعترض طريقي مجموعه من السيارات وقاموا بأخذ الطرود وتعرضت لإطلاق النار من أحدهم .

- اصمد يا عامر أنا قادم من أجلك .

وركبت السيارة وذهبت مسرعاً، طلبت من السيارة تحديد موقع سيارة عامر. واتجهت نحوه مباشرةً ،

وصلت إليه ووجدته ملقي علي الارض بجانب السيارة المتفحمة من النار .

- عامر عامر اصمد يا صديقي، وحملته وذهبت إلى اتجاه السيارة

قال : لا تحاول دون جدوي لتخبر كل الأصدقاء إني أحبهم جميعاً .

- اصمد يا أخي وسوف تخبرهم بنفسك ،ابتسم لي وقال لم أكن أعلم أن هناك من يكترث لحياةٍ هكذا يا صديقي ، لا تقلق بشأني فأنا لم أكن أملك في الدنيا غيركم والآن لا أحد سوف يحزن أو يعلم بموتي غيركم .

وفارق الحياة. بين يدي وأنا أحمله، وضعته في السيارة ورجعت به إلى الوقر وأنا اتوعد إنه لن يذهب موته عبثاً .

وصلت إلي الوقر أخذت هاتفي وتحدثت مع سارا .

- هل كل شيء علي ما يرام ؟

_ أجل يا اريس .

- حسنا إننا في طريقنا اليكم، وانهيت المكالمة ..

اخذت عامر لدفنه ، انتهيت من الأمر وذهبنا الي البيت وكأن شيء لم يحدث ، استقبلتنا سارا طلبت منها أن تأخذ اسماء معها وتذهبن مع البقيه حتي يخلدون إلى النوم

وطلبت من أرثر أن يذهب ليستريح مع البقية ، وبقيت أنا لم يجد النوم لي طريق ،ولم أبحث عنه .

استيقظ الجميع من النوم كانوا فرحين، أخبرت جيكوب أن يأخذ ساندي إلى الإسكندرية فهناك حجز في أحد الفنادق ليقضي بعض الوقت مع زوجته ، لم يمانع الأمر وطلبت من أبي وأمي أن يذهبن أيضًا إلى الفندق لقضاء بعض الوقت مع اخوتي بعيداً عن الريف هنا فإنهم منهكون من تحضيرات الزفاف وأخبرت أخي أنا يأخذهم ويهتم بهم .

_ ألن تأتي معنا يا بُني ؟

- لا يا أمي سوف نوافيكم فهناك بعض الأشياء سوف ننهيها أنا والأصدقاء وسوف نلحق بكم

_ حسنا فقط انتبه لنفسك .

- حاضر يا أمي سوف أفعل .

جهزنا حقائبهم ورافقناهم حتي ذهبوا في طريقهم، وما أن ذهبت السيارات في طريقه التفت إلي أصدقائي قائلاً :

- لينتبه الجميع إلى ما حدث ،الطرد لم يصل أمس تعرض عامر لكمين وتم قتله على يد رجال أبو جميل غازي.

سوف نذهب إلى الوقر حتي نحضر بعض الأسلحة ،يجب أن نلحق بهم ، لعلهم وصلوا منذ مده إلى وقرهم ،سوف نهاجمهم اليوم ولن نترك أحد منهم على قيد الحياة .

_ وماذا عن جيكوب وساندي يا أريس ؟

- إنهم زوجان وهذا أول يوم لهم مع بعضهم في حياتهم الخاصة يا صوفي أنهم في إجازة الي حين أن نرجع إلى أمريكا.

- أسماء سوف أوصلكِ إلى منزلك في طريقنا .

_ لا أنا أريد أن أذهب معكم أريد أن اقدم المساعدة .

- لا لا يمكن أن تأتي معنا ، لا يمكنك تقديم المساعدة انتِ بحاجه إلى التدريب أولا بالإضافة إلي الإصابة التي في يديكِ في حالتك هذه سوف تكوني عبئ علينا ليس إلا .

أنتهي النقاش هيا ليركب كل منكم سيارته. ومضينا في طريقنا إلى أن وصلنا منزل أسماء توقفت حتي تخرج من السيارة وذهبنا بعدها إلى وقرنا .

- ليحضر كل منكم عتاده .

إليكم الخطة

سوف نتحرك الآن في غضون ساعتين من الآن سوف نصل إلى وجهتنا بالكاد يحتاجون هم من خمس إلى سبع ساعات للوصول أما نحن فلا نحتاج إلى كل هذه المدة .

مقرهم يقع في منطقة صحراوية بين الجبال سوف نعمل علي تمشيط المنطقة لحصر عدد الموجودين هناك .

نحتاج ، السرعة ، الدقة والمهارة لإتمام هذه المهمة في أسرع وقت ؛ وأنتم تملكون المطلوب وأكثر .

اليوم سنخوض أول عملية إعدام حقيقيه نقوم بها، لصالح هذا الفريق، دائمًا ما نخوض التجارب والمهمات والعمليات الخاصة من أجل شخص ما ، بقدر ما نستطيع نكون مسالمين، إلى هنا وأكتفي ليكون هذا إعلان حرب على كل من يجرؤ على إيذاء فرض من عائلتي من مملكتي من امبراطوريتي التي أعلنت إنشائها اليوم بعد إتمام هذه المهمة ، أمس قد فارقنا شخص عزيز اليوم تكريماً له سوف يتم محو أحد أهم وأخطر رجال العصابات في العالم وتكريما له أيضًا قررت أن ننشأ دوله خاصه بنا لا تخضع لأي حكومة أو دوله أو كيان في الكره الأرضية فقط لنعود سالمين حتي نحتفل ،اخوتي .

ليركب كل منكم سيارته ولنتجه إلى وجهتنا .

انطلق الموكب وفي غضون ساعتين وصلنا إلى هدفنا .

قبيل أن نوصل أعطيت إشارة التوقف وكان لنا وقفة خاصه تساعدنا علي حماية أنفسنا فكانت تقف سيارتي في منتصف دائرة يصنعها أصدقائي بسياراتهم ثم نفعل أجهزة التخفي فنكون كأننا لا نقف أو نتواجد بالمكان .

أصبحنا الآن مثل الوقر الصغير .

- لينزل الجميع ..

_ عُلِم .أريس .

علي بعد ميل من هنا يقع الوقر الخاص بي أبو جميل غازي .

- بيتر وصوفي سيذهبان لتمشيط المكان .

_ عُلِم يا قائد

- ديفيد وسارا امناهما .

_ عُلِم

- أرثر ستيفن ابقوا معي .

_ عُلِم يا قائد .

- ليذهب الجميع وتذكروا أن لا يلاحظ وجودكم أحد وأن حدث ينتهي أمره بدون أي جلبه

_ عُلِم .

- لتذهبوا كان الله في عونكم .

- أرثر خذ هذه ، علي بعد كيلومتر من موقعنا سوف نسير يا أرثر في خط مستقيم ثم سينحرف كل منا بزاوية ٤٥° في اتجاه مضاد . علي بعد ٥٠٠ متر سوف تغرس هذا الجهاز قدر ما تستطيع في الأرض .

_ حسنا يا أريس .

- ستيفن عندما يبدا الإرسال أبلغني .

ـ حسنا يا أريس.

- لنذهب كان الله في عوننا .

ثم انطلقنا وما هيا إلا لحظات وسمعنا إطلاق نيران وقذائف ومتفجرات .

بيتر علي اللاسلكي بصوت إصابة الزعر :

ـ أريس لقد أصيبت صوفي

- ديفيد أين أنت ؟

ديفيد هل تسمعني ؟

- سارا اجيبي هل تسمعني ؟

سارا سارا .

كخخخخخخششش

- لا أسمع شيء سارا ما هذا التشويش اتسمعينني

سارا لا تجيب

- اصمد يا بيتر أنا قادم من أجلك .

ـ أرثر هلّا أتممت هذا وحدك بأسرع ما يمكن ثم تلحق بي .

- حسنا يا أريس .

القيت له الجهاز واتجهت مسرعاً إلى بيتر وما أن وصلت إليه فإذا بإطلاق النيران أصبح وكأنها حرب أهلية قديمة .

- بيتر ماذا حدث ؟

_ لست أدري يا أريس الأمر أصبح وكأنه كان فخ أو كمين قد نصب لنا وقد أصيبت صوفي أنها تنزف كثيراً .

- ليكن الأمر أذهب أنت بصوفي إلى ستيفن وأنا سوف أتصدى لهم حتي ترجع أنت والبقيه ليكن الأمر الآن أما أن يكون آخر يوماً لهم أو يكون لنا .

ثم ذهبت إلى السيارة واحضرت الاربجيه وكثير من القذائف والقنابل اليدوية وتذكرت صديقي عامر فبدأت عيني تغرورق بالدموع .

ذكرت اسم الله واخذت الاربجيه لقمته بالقذيفة الأولي واطلقتها ضجيج الإنفجار والدخان الذي تصاعد كان يشير حقاً أنها قد أطلقت من يد لا يهمها سوي الانتقام . وأخذت كنبلة يدويه ورميتها بكل ما اوتيت من قوة ولحقتها بقذيفة اربيجيه .وتبعتها بقنبلة يدويه حتي أصبحت لا أسمع سوي صوت الإنفجارات والقذائف والركام الذي يتبعثر مخلوط بين الأشلاء المتبعثرة وأصوات الصراخ التي تعبر عن الالم ممزوجة بصرخة رعب وكأنهم ايقنوا أن هناك كتيبه أو جيش صغير جاء ليحضر لهم موكب جنازتهم

- ستيفن هل وصل بيتر ؟

_ أجل يا أريس أنهما هنا .

- بيتر اعتني بي صوفي وداوي جارحها .

_ حسنا يا أريس .

_ أريس هل تسمعني ؟

- أجل يا ديفيد أين أنت ؟

_ سوف أرسل لك موقعي

- هل سارا بخير ؟

_ لا أعلم.

لقد القي أحدهم قنبلة ولا أعلم ماذا حدث بعدها .

حسنا لقد حدت موقعك علي بعد كيلو متر واحداً من موقعي أنا في طريقي إليك .

ذهبت مسرعاً إلى ديفيد .

- هل أنت بخير ؟

قاطعني شخص ما لا أنه ليس بخير ولا أنت أيضاً ولا باقي أصدقائك ، ثم ضربني على رأسي بمقبض المسدس في يديه وقعت مغشياً علي الأرض .

بعد فترة من هذه الحادثة لا أعرف مدتها بدأت ارجع الي وعيي علي صوت خافت بجانبي

_ أريس ،هل أنت بخير ؟

لم أكن أعرف وقتها ماذا حدث أو أين أنا أو من أكون كل ما كنت أشعر به وقتها ألم شديد وكأني ارتطمت بقطار يسير بسرعة عالية .

بقيت على هذه الحالة لمدة كبيرة جداً حتي بداء كل شيء يتلاشى وكأنه سراب أو شيء ينسحب من داخلك بعد احتلال كل رقعة في جسدك .

لأتذكر كل شيء ؛في لحظة يمر بها شريط حياتي وكأني قد فارقت الحياه وأنا على قيد الحياة ما زالت التي أتنفس ، كم هو محزن أن تتمنى الموت كل يوم حتي يأتيك وعندما يأتي تقاومه من أجل شخص ما أو حبيبة لك أو من أجل شيء لا تستطيع أنت ولا هو تفارق بعضكم دون الآخر .

_ أريس ،هل تسمعني ؟

عندما فتحت عيني وانتظرت لدقائق حتي أتمكن من أن أري بها بوضوح كانت وكأنها عيني روبوت استنفذ كل طاقته حتي تدخل آخر وقام بإعادة شحنه وكأن عيني تقوم بعملية إعادة التحميل ،وعندما نظرت أمامي وجدتها تلك الفتاة التي لم تفارق ذهني يوماً ما أفكر بها على قدر سعادتي بأنها بجانبي إلا أنني قد غمرتني الدهشة والذهول فقد وجدت كل معارفي في الغرفة هذه مكبلة أيديهم بالسلاسل وعلى وجوههم

ندوب وأسفل أعينهم سواد قاحل يعلن أنهم منهكون بعد عذاب شاق ذاقُ فيه أشد أنواع الألم .

ليدخل أحدهم ويبدأ بالتحدث إلى ؛ أريس مرحبا بك في الجحيييييييييم واطال حقاً في كلمة الجحيم هذه وكأنه يخبرني بأني سوف أحصل على إقامة جيدة معه .

ثم بدأ يراوضني ويراوغني بكلماته الساذجة وملامحة الخرقاء ثم قال لي :

_ أيهما تريد أن أقتل ؟

وصوب المسدس نحو والدي وقال :هل ابدأ به ،أم أتركه ليعلم حقيقة ابنه المهندس الذي سافر إلى أمريكا لإدارة شركته الخاصة وما كانت إلى ستار بغيض لما يفعله هو وأصدقائه وباتو الآن أكثر المطلوبين للعدالة ، أم بوالدتك التي خاب ظنها بك الآن بعد أن أخبرتهم بحقيقتك وما سوف أخبرهم به أيضاً لاحقاً ،أم ابدأ بحبيبتك هذه التي بسببها أصبحت أكبر عائق في طريقنا وصوب المسدس بيده نحو قلبها ونظر لي وقال :   هي أكثرهم حبا وأقربهم إلى قلبك ولا أظن أنني سوف اقتلها أولاً ثم وجه المسدس نحو شقيقتي واشحت بنظري إلى الجانب الآخر وعندما سمعت صوت الرصاصة التي خرجت أغمضت عيني وقد انهمرت الدموع منهما وبقيت هكذا دقائق ولم أسمع شيء بعدها ،نظرت إلى شقيقتي بعين مكسورة ولكنها مازالت علي قيد الحياه ، ثم نظرت إلي ذلك الرجل فوجدته ملقيا علي الارض بعد أن أصيب برصاصة في منتصف رأسه .

_ أريس هل أنت بخير ؟

نظرت إليه أنه جيكوب ،نعم أنا بخير يا أخي هذا آخر ما اتذكره ثم فقدت وعيي تماما .

❊❊❊❊

'أسماء'

مذكرات دونت في ٢٠٥٠/٣/١٢

لم أكن وقتها تلك الفتاه التي تود الإنخراط في مثل هذه العلاقات أو أي شيء من هذا القبيل ،

ولكن أقسم أن نظراته هذه ساحره بكل ما تملكه الكلمة من معني .

في بادئ الأمر كانت ترعبني فكنت أتلاشى النظر في عينيه ، إلى أن انتهكت حرمة عواطفي بمواجهة عينيه هاتين وليحدث ما يحدث .

ما إن نظرت إلي عينه وظلت أنظر دونما أن يرمش لي جفن ،أحمر وجهة خجلاً ثم ابتسم وكان ثغره هذا قوس انطلق منه سهم ملعون بعشقه فأصاب قلبي ،من يومها وأنا لا أري في حياتي أحداً غيره .

كان أول شخص في حياتي وحدة احتل عرش قلبي ولن يذكر التاريخ حاكم غيره وكأن هذا العرش قد صنع خصيصاً ليناسبه في كل حالاته ،

لا أنكر أنه قد تسلل إلى قلبي شيء من القلق ،لكنه كان حقاً صادقاً في كل ما قاله ولم أعرف معه سوي الصدق .

لقد كسر حاجز القلق إلى الإطمئنان التام وحاجز الرهبة إلى العشق الدائم والذي استحق وحده أن يصل إليه .

٢٠٥١/٩/١٨

لقد مررت بيوم لا أتمناه لألد أعدائي .

أعلم أنه لا يستحق كل المعاناة التي سوف يمر بها رفيق دربي الحنون ، المحتل الذي استوطنني عنوة وأنا مرحبةٌ بِهِ .

اقسم أنني حين اتخذت هذا القرار شعرت بألم انتزاع قلبي من موضعه وأنا علي قيد الحياة ،لما فعلت كل هذا بي يا والدي ، لماذا كل هذا العند لقد قسوة على ابنتك قسوة أشد من قسوة كفار الجاهلية بدفنهم أطفالهم الإناث حتي لا يجلبون لهم العار لقد دفنتني وأنا علي قيد الحياة دونما أن تنهي حياتي ، تركتني أعيش وقد مات كل ما بداخلي ، سامحك الله على ما تركتني أعيش به.

-٢٠٥٢/٩/١٨

لقد مر عام كامل وأنا أتألم على فراقك يا عزيز قلبي، لقد مرت الأيام وكأنها تنحل من جسدي ذكريات أعيش عليها وبعض من صورك التي لا تزال معي .

لكم وددت لو كنت بجواري في محنتي هذه ،

لكم وددت لو لم نصل إلى ما نحن عليه الآن ، أعتذر لك علي كل ما بدر مني ،أعلم إني تسببت لك بأذى لم يكن مقدر لك، وأعلم تمام العلم أن أسفي وحده لا يكفي .

في النهاية لا أستطيع أن أقول إلا أني لم ولن أستطيع أن أستبدلك بأحد آخر وإني لن أكون لغيرك أما أنت أو وحيدة ضعيفة مكسورة لا يجبرها غيرك بعد الله .

-٢٠٥٦/٥/١٨

في هذا اليوم رأيت نظرتك التي قتلتني ألف مرةٍ ، نظرة لم تتخط بضع ثواني ولكنها أخبرتني الكثير عن عتابك ولومك لي وكأنك لو تملك فرصة لنتحدث فيها لساعات لن تستطيع اخباري بما أخبرتني به هاتان العينان البريئتان .

لماذا ؟

لماذا فعلت بي مثل هذا الأمر ؟!

أحقا بعد كل ما مررنا به معا ،بعد كل ما فعلته فقط من أجلك هذا ما أستحقه .

لم أكن أعرف إني لا أعني لك الكثير حقا ، لطالما عرفت دوما أنني سوف أموت أملًّ وخذلانًّ ولكني لم أكن أتوقع أنهم سوف يكونان بسببك أنتِ .

لقد كنت أعتقد أن تكوني أنتِ ملاذي وملجئي الوحيد إذا كان هناك ما يقلقني .

أقسم أنه في تلك الثواني سمعت عينايك تخبرني بكل هذا العتاب الذي أثقل كاهلي .

وددت حينها أن تنشق الأرض وتبتلعني من هول ما رأيته في عينيك .

بكل أسفَّ وألم ،لا أطلب إلا مسامحتك لي .

أتمنى أن يعم السلام فؤادك حتي تطمئن .

بسم الله علي قلبك حتي تستريح .

-٢٠٥٩/٩/١٨

الذكري التاسعة علي التوالي من وقت فرقنا .

الله يعلم أني أتألم لرحيلك ،وأعلم تمام العلم أنك ميت مذ اللحظة التي فرقتنا ومزقتنا إلي أشلاء. علي الرغم من ذلك فإننا مازلنا على قيد الحياة .

من صميم قلبي المنكسر إلى روحك التي ما ذالت بجواري منذ رحيلك أتمنى ولو لحظة تجمعني بك لضممتك الي صدري حتي ترتوي من سنين قد جفت بها أرواحنا ،حتي يعم السلام في أوطاننا التي دمرت بسبب الصراعات والبراكين التي انتشلت حبنا من كل بقعة في مملكتك المحتلة من مغتصب لم استطيع ردعه أو حتي مواجهته بالرفض لما قد طلبه مني .

لا سامحك الله يا أبي علي ما فعلته بنا إننا لم نطلب الكثير أقسم أن أقصي مطالبنا أن تجمعنا دار أو كوخ من القش جدرانه نفترشه بحبنا الجامح .

من قلبي اليائس إلي قلبك الميت ما زال حبك يرويني ومازلت أسلبك الحياة رغماً عني فسامحني واغفر لي لعلي أستطيع أن أعوضك عما فاتك من سنوات لا أعلم كيف مرت عليك

إلى لقاء أيقن أنه أقرب من حبل الوريد مازلت أترقب قدومك فلا تتأخري فقد قتلني الانتظار وما بيدي حيلة .

****

... أريس ماذا حدث ؟

- أتذكر تلك الليلة التي كنا مطاردين بها من قبل هذه السيارت التي كادت أن تفتك بنا في ليلة زفافك؟

_ نعم أتذكرها جيد.

- لقد وضعت جهاز تتبع علي أحد السيارات وكنا نتابعها ، حتي علمت أنها تخص أبو جميل غازي .فأردت أن استغل وجودنا هنا بمصر واتخلص منه حتي لا يتسبب لنا بمشاكل آخرة .

بعد أن ذهبتم الي الفندق حتي تبدا أولي ايام حياتك الجديدة مع الفتاه التي كنت تحلم دائما باليوم الذي سوف يجمعكم الي اخر العمر معا ،لم ارد أن اشغل بالكم بما قررت فعله انا وباقي الاصدقاء وكل شيء كان يسير حسب الخطة ولكن ثم حدث تحول في الأحداث بعد أن كنا ذاهبين لتخلص من هذا الوقر النتن . أخبرني بيتر أن صوفي قد أصيبت وكان مذعور لدرجة لا توصف وأصبح الأمر أنهم من نصبوا لنا الفخ حتي يتخلصوا منا قاومت كثيرا لكن دون جدوى حتي ضربني أحدهم علي رأسي ففقدت الوعي وحين استعدت وعيي رأيت كل من اعرفهم بجواري مكبلين وكان ذألك الرجل القبيح المنظر وصوته المزعج يراوغني بالكلام كان علي بعد لحظة من أن يقتل تلك الفتاة البريئة وهذا أكثر ما كان يحزنني حينما تجد شخصا يعني لك كل شيء في الكون حياته علي مشارف أعتاب نهايتها ولا تستطيع أن تمد ليه يد العون لأنك مكبل لا تستطيع حتي أن تدافع عن نفسك .

أغلقت عيني وكل ما يحدث علي حصرة وسمعت صوت إطلاق النار اقسم اني شعرت بالرصاصة تخترق قلبي لأفتح عيني فأجده هوا من سقط لأفقد وعيي مرة أخري واخر ما اتذكره هوا انت .

- انت اخر من رأيته يا جيكوب ، كيف عرفت أننا بحاجة إليك .

_ لقد أخبرتني هذه الفتاة التي انفطر قلبك عليها خوف أن تفقدها يا اخي ،

- من هذه ؟

_ سوف اخبرك لاحقا ،ولكن الان اخبرني بما حدث ؟

- لقد تحدثت اسماء مع ساندي واخبرتها بما عزمتم فعلة وكانت قلقة عليكم ، فأخرجت جهاز الكمبيوتر المحمول من الحقيبة وحددت موقعكم من خلال الملف الذي

يحوي أجهزة التتبع التي في اجسادكم ، ومن ثما تحركنا تجاهكم والله يعلم أننا قد وصلنا بالوقت المناسب

- ولكن كيف هذا وانتم كنتم مكبلين بجواري اقسم انكم كنتم مكبلين وكل من اعرفهم كذألك ؟!

_ لم يكن سواك بالغرفة يا اخي .

- كيف هذا انا اقسم لك انكم......

_ انت لم تكن مكبل يا اخي لقد كنت موضوع علي جهاز كانوا يتلاعبون برأسك لم يكن شيء من هذا حقيقي.

هذا ما أرادوا لك أن تراه لم يكن حقيقة ابدأ .

سوف اتركك لتنال قسط من الراحة الان .

- لا سوف اذهب لأطمئن علي صوفي .

_ انها بخير .

- لا اريد ان اذهب حتي اطمئن عليها ولن تمنعني من ذألك .

_ حسنا يا اريس دعني اساعدك ، لا أنني بخير هيا بنا .

ذهبنا الي الغرفة التي بها صوفي فوجدتها علي السرير أنها بخير كانت الرصاصة علي بعد سنتي متر واحد من أن تخترق قلبها .

- هل أنتِ بخير صوفي ؟

_ نعم اريس لا تقلق لم يحن موعدي بعد ما زال هناك بعض الوقتي حتي ازعجك قليلا وهي تبتسم تلك الابتسامة البريئة.

- وانا الذي كنت انتظر الموعد الذي سوف ارتاح من ثرثرتك هذه .

قاطعتني جميعنا نعلم أنك لا تستطيع أن تعيش من دوننا يا هذا لا تتفوه بكلمات لا تعرف معنها .

- معكي حق انا لا شيء من دونكم دمتم لي إخوة واطال الله في اعماركم .

_ اريس هناك من ينتظر علي الهاتف يريد أن يتحدث معك .

- الم يخبرك من هوا يا سارا ؟

_ لا لم يفعل ولم يخبرني ماذا يريد أصر علي أن يتحدث بوجودك فقط .

حسنا اخذت الهاتف وتحدثت معه ، اريس كيف حالك يا هذا كنت علي علم انك سوف تكون بخير ، الم يحين موعد عودتك بعد .

- لا يا توماس افضل البقاء قليلا بعد ثمة أمور لدي لم أنجزها بعد .

_ لقد اكتمل الجسر الزمني وانا بانتظارك يا اريس ،متي سوف تأتي ؟

- انك حقا لشخص ساذج انت تعرف انك اخر من يمكنني مساعدته في شيء يريده ،اذهب انت بنفسك ولا تنتظر مني شيء لا استطيع إعطائه اليك ،وانتبه الي نفسك من الآن فصاعدا لقد أصبحت اول من في قائمتي واشكرك علي هذه المغامرة الجميلة .

واقفلت الخط ، فعاود الاتصال مرة أخري

ولم اعير الهاتف انتباها ، ووجدت مكالمة أخري انفجرت غضبا ونظرت الي الهاتف فكانت من اسماء فتحدثت إليها ولكنها لم تتحدث بل كان توماس وهنا وقفت صامتا انتظر ما سوف يخبرني به.

_ انا لا اطلب منك شيء فقط لتحضر في اسرع وقت لو اردتها علي قيد الحياة، واقفل الخط

عاودت الاتصال ولكن دون جدوي .

فجلست علي كرسي كان بجانبي وذهني شارد لا استوعب ما قد حدث .

_ اريس ماذا هناك ؟

- انها اسماء يا جيكوب لقد احتجزها توماس أما افعل ما يقولة أو يقتلها .

جيكوب حدد لي موقعها من فضلك .

اخذت الكمبيوتر المحمول وبدأت بتحديد موقعها ولاكن دون جدوي لم يعد لها موقع ابدا شيء ما يحجب إشارة اجهزة التتبع التي تحويها جزيئات الدم في جسدها .

_ اللعنة ماذا سوف نفعل الان يا اريس ؟

- آخر ما أود فعلة يا جيكوب .

رن الهاتف مرة أخري. فأجبت فتحدث توماس ما قرارك الان يابن زيوس وكأنه يسخر مني

- سوف افعل ما تريد ولكن امهلني بعض الوقت حتي تتعافي صوفي من إصابتها .

_ حسنا لك ذألك ولكن احذر فإنك من ستحدد مصير فتاتك الجميلة هذه فسمعت صوتها تبكي .

- اقسم لك يا توماس إن أصابها مكروه فلن ادعك وشأنك طوال حياتك . واسمع حينما اتي اليك اريد أن أري ابو جميل فهناك ما أود أخباره به واقفلت الهاتف .

ليجهز الجميع فقد حان موعد السفر .

_ ولكن يا اريس لم يلتئم جرح صوفي بعد ؟.

- اعلم سوف يتم علاجها في الوقر بأمريكا .

- سوف اذهب لأودع عائلتي وسوف اعود خلال ساعات لينتهي كل منكم من تجهيز أمتعته.

جيكوب لتذهب انت وساندي الي عائلتها وتودعونهم ولترجع في اسرع وقت .

اخذت السيارة واتجهت الي منزلي وكذلك جيكوب وساندي ذهبوا في طريقهم ،وصلت الي بيتي واخبرتهم أنه علي الرحيل فقد تحدث معي طاقم العمل بالشركة في امريكا ويريدوننا لأمر عاجل .

اعتلي الحزن وجه امي وبكت فضممتها الي صدري واخبرتها انني سوف اذهب لاري ماذا هناك وارجع خلال فترة وجيزة فأنا لم احصل علي إجازة كافية لتمتع بريف بلدتنا الجميلة هذه ولم اكتفي من تناول الطعام الذي اتذوقة من يداكِ .

وبعد ما اقنعتها بما اريد سلمت عليها وعلي باقي العائلة وذهبت مسرعا الي بيت اسماء ، حينما كنت في الطريق لم اعرف ماذا سوف أخبر بهِ والديها ولكنني عزمت علي أن اطمئنهما علي ابنتهما حتي لا يقلقا حيال ذألك ،وعندما وصلت الي بيتها التقط انفاسي وتركت الباب فإذا بوالدها فسلمت علية فرد السلام ودعاني لأدخل البيت وحينما جلسنا دار الحوار بيننا

- ادعي احمد

واعمل لدي المخابرات المصرية وقد تم اختيار ابنتك للانضمام الي المخابرات المصرية وهيا الان علي مشارف السفر الي امريكا بعد أن تتم تدريبها اود منك أن تطمئن فلا أحد غيرنا يعلم بذلك وهي لن تكون في خطر وانما سوف تذهب كطبيبة نفسية وسوف تعمل هناك دكتورة في مجالها، اود منك الا تخبر أحدا بهذا حفاظا علي سلامتها .

_ ولكن كيف هذا وذهبت دونما أن تخبرني بذألك .

- لقد أصر المجلس العسكري علي سرية الأمر حتي نستطيع المحافظة علي سلامتها ،ارجو منك أن تتقبل الوضع وحينما تنجز مهمتها سوف تعود بأسرع وقت .

وأمر آخر هناك مكافئة قد حصلت عليها مليون جنية أصرت علي إرسالها اليك وحينما تنتهي مهمتها سوف تحصل علي مليون اخر .

ادعي الي ابنتك بالتوفيق وادع لنا بالنجاح في المحافظة علي أمن مصر وسلامها.

والان استأذنك فقد حان وقت سفري لإتمام مهمتي انا ايضا .

سوف احضر لك المال من السيارة وذهبت الي إحضار المال ثم أعطيته إياه وسلمت عليه وذهبت في طريقي الي الوقر الخاص بي .

هاتفت جيكوب وأخبرني أنه قد شارف علي الوصول وقد انتهي الجميع من تحضير أمتعتهم وجهزنا كل شيء ووضعنه داخل الطائرة وانطلقنا في طريقا الي ASE في امريكا .

بعدما وصلنا وأخذ كل من أعضاء الفريق أن ينتقل الي غرفته أخبرتهم أن يضعوا أمتعتهم ويلحقوا بي الي المختبر .وذهبت لإحضار مصل قد عملت عليه ثلاث سنوات حتي تم الانتهاء منه .

وأخذت أحدي الجرعات ومسدس الحقن الخاص به ولقمته الجرعة واعطيت كل منا جرعته حتي تبقت صوفي وحينما لقمت مسدس الحقن بالجرعة واعطيت الجرعة الي صوفي بداء جرحها بالالتئام وتعجب الكل من ذلك وبداء يسألني جيكوب كيف حدث ذألك فأخبرهم أنه فيروس كنت اعمل علية مذ مدة طويلة حتي تمكنت من صناعته هوا ببساطة عبارة عن فيروس يتكون من جزيئات الرصاص والماس وبعض العناصر الأخرى التي تتحد مع خليا الدم في الجسد اسرع من الدم وتستجيب لرسائل المخ وتعمل عمل خليا الدم البيضاء في التأئم الجروح وكأنها درع حينما يصاب أحد منا ما هيا الي لحظات حتي يلتئم الجرح وكان شيء لم يحدث .

وأخذت مسدسي من الجراب الخاص به ونظرت الي ارثر .

أدرك ما اريد قولة فأخرج مسدسه وقال افضل أن افعلها بهذا وصوب المسدس ناحيتي كنت أري التردد في عينيه وارتباكه ولكني أخبرته الا يقلق

- أطلق النار علي ذراعي يا ارثر لا تقلق .

فوجه المسدس الي زراعة هو وأطلق النار فاخترقت الرصاصة ذراعه وصرخ من الالم ولكنه سرعان ما التئم الجرح وكأنه لم يتعرض لإطلاق النار قط وحينما أعاد نفس الموقف لم تستطع الرصاصة اختراق جسده فتعجب وسألني عن السبب ، لماذا لم تصيبني الرصاصة يا اريس ؟

- انها الان تعمل كأجسام الذاكرة تعرفت علي نوع المرض الذي اصابك وأصبحت درعا يحميك منه .

فأطلق النار علي نفسه عدت مرات ولم يصب بخدش واحد فذهل الجميع .

ليطلق كل منكم النار علي نفسه ولنستعد لما هوا قادم فنحن لا نعلم ماذا سوف يقابلنا في رحلتنا القادمة .

الان ليذهب كل واحد منكم الي غرفته لكي يرتب أغراضه .

اما أنتما يا جيكوب وساندي لينقل كل منكما أغراضه الي الروف بالطابق العلوي قد أصبحتم زوجين الان يجب أن يكون لكم مكان خاص ليس بالقرب منا للحفاظ علي خصوصيتكم .

اذهبوا جميعا لتحصلوا علي قسط من الراحة ،ينتظرنا يوم شاق غدا .

انصرف الجميع وبقيت انا ظلت أمعن النظر اليه .

لم ينتبه لوجودي .

اخذ ماكينة لف السجائر وزجاجة النبيذ الذي يفضله وكأس وسار الي الشرفة الأمامية للوقر وضع أغراضه علي الطاولة وملئ كأسه والتقت لفافة التبغ واشعلها وشرد بذهنه وهوا ينظر إلي السماء وكأنه يبحث عن شيء بعينيه فقط دون أن يلتفت بجسده .

ظللت أراقبه وانا احدث نفسي قائلة كيف لشخص أن يكون هكذا حقا .

لين القلب ؛ رغم قساوته ، هادئ الطبع ؛رغم أن بداخلة بركانً ثائر ، يدخل السرور علي قلوب الجميع رغم أن بداخلة حزن لو وزع علي قارة بأكملها لفاض منها ، لا يتحمل أن يرى أحد يتألم رغم أنه لا تمر لحظة دون أن يتألم ولا يشعر به أحد ، يداوي جراحنا جميعا رغم أننا لم نحاول تضميد جرحه .

اخذت كأس وذهبت اليه جلست بجانبه علي الطاولة وأخذت زجاجة النبيذ وملأته ونظرت اليه

لم يبالي بما افعل فأخذت لفافة تبغ ووضعتها بفمي فأشعلها لي ثم قال ماذا بكي يا سارة هناك شيء يشغل بالك كثيرا هلا أخبرتني به .

_ ما انت يا اريس ؟

- ما هذا السؤال يا سارا .

_ من اي طينة انت قد خلقت ؟ ما يشغل بالي هوا انت ،واعلم ان في قلبك وعقلك الان صراع لا احد يتحمله وقد اتيت الي هنا لكي اخفف عنك ما بك .

لتنسي انت ما بداخلك وتسالني عما يشغلني ، تهتم لأمرنا وتفضلنا عنك جميعا ، كيف تفعل هذا

حقا من اي شيء قد خلقت .

- لم اخلق الا من نفس ما خلقتم منه جميعا يا سارا ولكن مررت بما لا يتحمله انسان عادي لذألك لا اريد لأحد أن يواجه ما واجهته .

_ كل هذا بسبب تلك الفتاه صحيح ؟

- نعم .

_ وهي نفسها الذي يحتجزها توماس ؟

- نعم.

_ لقد اوجعتك وفعلت كل هذا بك ، ورغم هذا سوف تفعل ما يطلبه منك توماس وانت لا تريد فعل ذألك فقط من أجلها ،لماذا .

- ما يجعلني حائر يا سارا هوا أنني لا اريد اخراطكم بهذا أخشي أن يصيبكم مكروه وانا لا اعلم ماذا افعل .

_لا تقلق بشأننا لقد فعلت من اجلنا الكثير وقد حان وقت رد الدين .

أتدري لو كنت مكانك لتركتها لهلاكها.

- لا استطيع يا سارا ،رغم ما فعلته بي الا أنني لا اطيق رؤيتها تتألم ؛ لو تعلمي حين هاجمنا رجال ابو جميل في حفل زفاف ساندي و جيكوب عندما أمسكت بنصل الخنجر دفاعاً عني وجرحت يدها أقسم أن وقتها كان الجرح في يدها وكان الالم في قلبي ،لا استطيع يا سارا لا أستطيع أن اتركها لأهلك انا بدلا منها .

في ذاك اليوم حينما تقابلنا صدفة لأول مرة كان قد مر علي فراقنا عشر سنوات ولم تتغير قط سوي تغير طفيف في ملامحها الشاحبة عندما رأتني اعتلت تلك البسمة وجنتاها وكأنها قد وجدتني اخيرا بعد رحلة من البحث الشاقة عني .

ولكني بغباء حينما سألتني هل انا احمد لم أخبرها بذألك وانكرت اني هذا الشخص لو فعلت لما كانت في هذه الفوضى الان كم انا كنت أحمق حينما فعلت ذألك .

_ لا تقلق اخي سوف نرجعها معا الي أحضانك ولحين فعل ذألك ارجوك لا تحزن فحزنك يصيبني بالهلع .

- لكي ذألك يا سارا لكي ذألك

والان لتذهبي الي فراشك واحصلي علي اكبر قدر من الراحة لأنني سوف اروي لكم قصة غدا وبعدها سوف يكون هناك عمل شاق .

_حسنا يا اريس تصبح علي خير .

- تصبحين علي خير يا صغيرتي .

ثم نهضت انا ايضا اخذت أغراضي وذهبت الي غرفتي وخلدت الي النوم .

استيقظت باكرا ،غيرت ملابسي وذهبت الي المطبخ لأعد الطعام فوجد ساندي وسارا قد اوشكوا علي الانتهاء منه .

- اين صوفي

_ لقد ذهبت لتحضر بعض الأغراض وسوف تأتي سريعا .

ضعوا الطعام علي الطاولة حالما اتحدث معها عبر الهاتف ، أخرجت هاتفي وذهبت لأحدثها ف إذا بها قد أتت ، أين ذهبتي في هذا الوقت المبكر ؟

_لقد كنت أحضر بعض الاشياء التي نحتاجها من طعام وشراب .

- حسنا ،كيف حالك اليوم ؟

_ بأفضل حال .

- الحمد لله علي سلامتك .

حسنا لتسرعوا بوضع الطعام انا اتضور جوعا.

جهزنا الطعام واتي الجميع الي الطاولة ،اثناء ما كنا نأكل كنت اراقبه متي سيروي لنا القصة التي أخبرني بها .

ولكنه لم يتفوه بكلمة .

_ اريس ..

- ماذا تريدين يا سارا ؟

_ لقد أخبرتني عن شيء أمس الا تتذكر ؟

- نعم اتذكر سوف اخبركم حالما ننتهي .

ليرد الجميع في آن واحد لقد انتهينا .

- حسنا لتنظفوا المكان سريعا ثم وافوني الي الاسفل .

قاموا مسرعين ليفعلوا ما طلبت منهم ثم لحقوا بي الي الاسفل .

ليجدوني جالسا علي الكرسي منتظرهم بيدي حقيبة صغيرة ،طلبت منهم أن يلازم كل شخص مقعدة ولينصتوا جيدا لما سوف أخبرهم به ، ثم أفرغت الحقيبة علي الطاولة ووضعتها جانبا .

- هل يعرف أحدكم ما هذا ؟

رد جيكوب أنها بضع كالونات قديمة تالفة .

قلت له : نعم أنهم ثلاث كالونات ولكنهم تألفون جزئيا فقط .

منذ ثلاثة عشر سنة كان قد تلف هذا الكالون وهذا اقدمهم ، فذهبت لأجلب هذا الكالون حتي يحل محلة ، ثم بعدها قد تلف هذا الكالون فجلبت هذا ليحل محلة ، ثم بعدها بمدة اصبح هذا الكالون لا يعمل بشكل جيد كنا نواجه صعوبة عند فتح الباب وإغلاقه .

في هذا اليوم كان كل من والدي ووالدتي بالخارج. وكنت فقط انا واخوتي بالمنزل .

فأحضرت مفك البراغي وكلا الكلونان القدامى وزردية وقمت بفك هذا الكالون واخرجته من الباب ووضعتهم جميعا علي الطاولة ثم جلست انظر لهما وافكر ايهما سوف أبداء به نظرت إلي آخر كالون قد جلبته وكان هوا المصنوع حديثاً ،قلت لنفسي لإبداء به لعله أقلهم تعقيد وبداء أُفكك أجزاءه لأجد به جزء صغير قد كسر ولآكنه الجزء المهم لذألك لم يعمل الكالون بشكلة الطبيعي ، اخذت الذي يليه وفككت أجزاءه لأجده أقل تعقيدا ولاكن أجزاءه أكثر متانة من الذي يسبقه. والغريب أنه لم يكن به شيء منكسر فقط الجزء المحوري له قد صداء قليلا ، لذألك لم يعد يعمل .

التقت هذا الكالون أنه أقدامهم واقلهم تطورا ولاكن العجيب أنني حينما فككت أجزاءه وجدته أقلهم تعقيد أكثرهم متانة وأجزاءه غير قابلة للتلف وانما كان هناك ما يعوق حركة أجزاءه من الداخل في هذا الحين كنت احاول اصلاح أحد الكلونان باستبدال الجزء التالف ولاكن في هذه المحاولة قد اتلفتهما عن غير قصد فأخذت هذا الكالون بعدما قد ذلت ما كان يعوق حركته ووضعت له بضع من قطرات الزيت حتي يسهل من حركته وعاد للعمل مرة أخري .

حينما رجع والداي من الخارج أخبرته بما حدث ، كنت أأمل أن يمدحني ولآكنه وبخني ثم قال لي انك لا تفعل شيء جيد ابدا إنما قد جئت لتفسد الاشياء فقط .ماذا استفدت من فعلتك هذه ،وظل يوبخني حتي ضاق صدري وخرجت من المنزل وقتها وانا

غاضب احدث نفسي ، منذ فعلت ليوبخني هكذا لقد اصلحت الكالون وعمل بشكل جيد الا استحق ثناء علي ما فعلته .

وظلت هكذا احدث نفسي حتي لم اجد ما أقوله ثم بعدما هدأت نفسي ذهبت إليه معتذرا وأخبرته أنني لن اكرر فعلتي هذه .

رغم وجود إجابة قاطعة عندي وقتها علي سؤال والدي ماذا استفدت من فعلتك الا أنني لم اتفوه بكلمة الي الان لأخبركم الأجابه على هذا السؤال .

اولا لقد استفدت من المحاولة هذه عدة أمور منها.

١-ليس كل شيء قد تلف لا يمكن إصلاحه

٢-التجربة والمغامرة لن تذهبي سدي

٣-ان الشيء الجيد يكمن فقط في الأشياء القديمة وليس العكس

٤-اكتسبت خبرة في إصلاح الكوالين ، اقولها وانا اتبسم ضاحكًا .

العبرة يا اصدقائي هي أننا في تقدم وتتطور مستمر وهذا يعد سلاح ذو حدين ، بمعني أن كل شيء يطور يكتسب الشكل المناسب والتقدم المناسب والامكانيات المناسبة للعصر ولاكن ، يفقد شيء مهم وهوا المتانة .

- بيتر هلا أحضرت لية ال M4 من فضلك .

بمعني لو أنني أحضرت لكم هذا السلاح ، وقلت لكم ما رايكم به جميعكم سوف يمدح به كثيرا ، وانا أولكم ، سلاح متطور به شاشة تعمل باللمس للتوجيه الرصاصة حراريا وجهاز GPS لطلقات كاشفة ويمكنك تعديله الي اي مدي يناسبك في القتال الذي تخوضه بتغير البرنامج الذي يعمل علية وكأنه جهاز كمبيوتر .

أتدرون ما الخطر الذي يجعله سلاح ذو حدين ؛ أنه قابل للاختراق من اي شخص أما أن يبطله فلا يصلح لشيء أو أن يجعله هذا الشخص يقتلك وهوا بيديك .

ثم ذهبت الي اخر الرواق وضغط علي موضع في الحائط فقام بفتح عدة أبواب ليخرج منها أسلحة قديمة ، فسالتهم هل تعلمون ما هذه ؟

انها أسلحة عمرها الان أربعين سنة ، ظلت ابحث عنها واجمعها واعمل علي تطويرها جزئيا لتناسب العصر الذي نعيشه الان وغير قابلة للاختراق ، وقد فعلت ذلك مثلما فعلت بالكوالين سابقا باختلاف بسيط أنني الان لم أفسد اي من هذه الأسلحة مثل ما فعلت مع الكوالين سابقا.

لذألك ليأخذ كل منكم ما يناسبه وليكون علي أتم استعداد لما هوا قادم.

سارا اخبري. توماس أننا مستعدين بشرط إحضار ابو جميل غازي معه .

- اود اخباركم عن أمر آخر .كنت اود إقامة دولة خاصة بنا فما رأيكم .

_وكيف هذا يا اريس ؟ من سوف يجعلنا نشاركه في دولته.

- الامر ليس هكذا يا صوفي سوف نقيم دولة علي أرض لا تنتمي الي اي دولة علي الاطلاق .

_ ولكن اين ؟

- بعد رحلة بحث وجد أن هناك منطقة صغيرة المساحة تعرف باسم مثلث بارتا زوجا تقع بين مصر والسودان وترفض الدولتين المطالبة بالمنطقة بسبب النزاع حول مثلث حلايب، حيث تعتبر مصر أن الخط العرضي ٢٢° هو الفاصل الحدودي بين مصر مع ضم مثلث حلايب فعلياً بحكم الأمر الواقع، بينما تعتبر السودان مثلث حلايب ضمن السودان وتطالب به.

المنطقة تمثل شبه منحرف ضلعه الطويل حدُّها الشمالي الذي يتماس مع خط عرض ٢٢° شمالا بطول ٩٥ كم، وضلعها الجنوبي طوله ٤٦ كم، ويتراوح طولها من الشمال إلى الجنوب ما بين ٣١ كم و ٢٦ كم ومساحتها ٢٠٦٠ كم٢؛ وهي المنطقة الوحيدة التي يمرّ فيها الخط الإداري لعام ١٩٠٢ جنوب الحدود السياسية لسنة ١٨٩٩ المتماسّة مع خط عرض ٢٢° شمالا. وقد وُضعت تحت الإدارة المصرية لأنها كانت في ذلك الوقت مرعى لجماعة من العبابدة يتمركزون قرب أسوان، بينما يقع مثلث حلايب شمال خط عرض

٢٢° شمالا وقد وضع تحت الإدارة السودانية لأن سكان تلك المنطقة في ذلك الوقت كانوا امتداداً لجماعات يتمركز أغلبها في السودان. تبلغ مساحة بئر طويل عُشرَ مساحة مثلث حلايب وهي أرض داخلية، والمنطقتان تتماسان في نقطة واحدة.

يقع إلى شمال المنطقة جبل طويل N 33°48'05"E"٥٦'٥٧°٢١ الذي يبلغ ارتفاعه ٤٥٩ مترا، وإلى شرقها جبل حجر الزرقا وارتفاعه ٦٦٢ مترا، وإلى جنوبها وادي طويل (يعرف كذلك باسم خور أبو بَرْد)، وتشير المصادر المحلية في المنطقة إلى تواجد عسكري دائم في المنطقة ويروي البدو في المنطقة عن تجهيزات تحت أرضية ترجع إلى سنة ١٩٨٧.

تطالب مصر بحدود عام ١٨٩٩ السياسية المتماسة مع خط عرض ٢٢° شمالا وهو ما يضع مثلث حلايب داخل الحدود المصرية ويضع بئر طويل داخل الحدود السودانية، بينما تطالب السودان باتفاقية الحدود الإدارية لعام ١٩٠٢ وهو ما يضع مثلث حلايب داخل الحدود السودانية ويضع بئر طويل داخل الحدود المصرية. من نتيجة ذلك أن كلا البلدين تطالبان بحلايب بينما لا تطالب أي منهما ببئر طويل، ولا يوجد في القانون الدولي أي أساس يمكنُ بناءً عليه لأي من الدولتين أن تطالب بكلا المنطقتين في الحين ذاته، مما يجعل هذه المنطقة هي الوحيدة التي لا تطالب بها أي دولة في العالم، أي ما يُعرف اصطلاحاً بالأرض المباحة (terra nullius باللغة اللاتينية)، وذلك باستثناء أرض ماري بِرد في أنتاركتكا، ومن العسير – إن لم يكن مستحيلاً – على أي دولة غيرهما أن تطالب بالسيادة على المنطقة لأنها محصورة بين مصر والسودان. من الشائع أن المنطقة تقع فعليا تحت سيطرة الإدارة المصرية بالرغم من عدّم حسبانها أرضا مصرية في الخرائط الحكومية .

في يونيو ٢٠١٤ ارتحل المواطن الأمريكي جيرمي هيون المقيم في أبنجدون، فرجينيا إلى منطقة بئر طويل ورفع فيها علما يخصّه وأعلنها مملكة شمال السودان وفاء لوعده لابنته البالغة من العمر حينها ٧ سنوات بأنها يُمكن أن تصير أميرة حقيقية وأبلغ وسائل إعلام أنها يسعى إلى الاعتراف من قِبَل كلٍّ من مصر والسودان والاتحاد الأفريقي.

بعض من أفراد قبيلة من الساكنين قرب أرض بير طويل الذين هم بمثابة السكان الأصليين لهذه المناطق قامو بوضع اليد ورفع علم ولافتة بيرلاند على أن تكون دولة مستقلة مستقبلية تُسمّى دولة بيرلاند وقد قاموا بالكشف على أجزاء كبيرة من مساحات

داخل أرض بير طويل لإيجاد أماكن لآبار وشجيرات وأعشاب لتصلح لبيئة صالحة للعيش فيها.

الإعتراف الدولي يتطلّب كثير من جهود الدبلوماسية التي يسعى فيها مجتمع بيرلاند لإقامة دولته على أرض بير طويل وفي البداية تم عمل موقع رسمي مؤقت وعمل منظمة لحقوق الإنسان أيضا تم التسجيل المؤقت في UNDESA الأمم المتحدة قسم الاقتصاد وشؤون المجتمع.

كل من حاول إقامة دولة علي هذه المنطقة واجه صعوبات كثيرة جدا ولم يحقق شيء.

في هذه الآونة لم يعد أحد يضع هذه المنطقة نصب عينيه ، بسب التقدم الذي وصلنا له .

لذلك سوف نضعها نحن تحت ولايتنا وبعد الانتهاء من إنهاء الإجراءات القانونية المطلوبة سوف نقيم بها. دولة خاصة بنا .

www.ingramcontent.com/pod-product-compliance
Lightning Source LLC
Chambersburg PA
CBHW051904130726

47987CB00002B/978